練習在一起

謎卡
Mika Lin
著

寫在最前面……

「我的人生結束了。」

得知懷孕那一刻，這句看似絕望又無情的話在腦袋中轟嗡作響，令我頭暈目眩。

每個人都有自己的掙扎，有人竭盡所能只求上天賜予一個孩子，有人是幸福來得太突然因而亂了陣腳，我是後者。在家驗出又紅又粗的兩條線後，我立刻掛號最近的婦產科診所，醫生擠出冰冷冷的膠，指著黑白螢幕上的小白點，「恭喜」，她說。二十八歲的已婚女子，自然受孕一顆健康的胚胎，在任何人眼中都是喜事一樁吧。

先生握著我的手，望著那小小的生命之芽熱淚盈眶，卻嚇得我魂飛魄散。我的心揪成一團，混雜著五顏六色，想哭，既喜悅又恐懼，想逃走，想傷透眼前這個人的心，即使兩個月前才攜手簽字宣示相守直到死亡將我們分離。我想尖叫，想搭一艘船偷渡到沒人認識的地方，隱姓埋名度過下半生。

該怎麼辦呢？我知道先生會是個好爸爸，認識他的第一天我就知道了，他耐心、善良，又充滿責任感。但我會是個好媽媽嗎？我能給予孩子需要的親密嗎？我要如何給予我從未擁有過的東西？

恐懼如浪潮般一波一波地席捲而來，在我腦中閃出一幕幕心碎的幻燈片，彷彿提醒著我不懂愛，我沒有能力愛。

從小看著父母爭執，互不相讓，輪流告訴我他們其實並不愛對方，從拳腳相向到同住一個屋簷下卻不和對方說一句話，我從哪裡學習愛？又聽過多少女人為了孩子、為了家庭，將自我壓縮到所剩無幾卻得不到一絲憐愛的悲傷故事，我該從哪裡相信？

上國小的我在母親的梳妝台抽屜發現一份離婚協議書，天真地把那份白紙黑字撕了再拿去藏起來，以為可以改變些什麼。父母終於分開的時候，我沒有掉一滴眼淚，記憶中的感受反而是慶幸，慶幸從此以後「你們都會比以前快樂吧？」。

很多年後，在一場與心理諮商師的談話中回頭看，才發現看似成熟懂事的念頭，其實是小女孩無助的求生偽裝，看著世界上她最愛的兩個人爭吵，一次又一次的衝突，她嚇壞了，卻無能為力。

原來小女孩一直都在，直到即將成為人母的此時此刻，都還在，還在顫抖著，渴望有大人在她身旁蹲下來，直視她的眼睛說：「無論如何，我都在。」

審視著自己受過的傷，我開始思考天下真有不是的父母。生兒育女是人生大事，所有爸媽都愛催促適婚年齡的子女「該做一些寶寶來傳宗接代了吧」，連遠房親戚甚至陌生人都愛插一句「沒生孩子老了會後悔」，卻鮮少有人談論生孩子是多麼神聖的重責大任。

創造生命來到世界上，同意在他此生的前十幾年百分之百依賴妳，養育他，教育他，更要陪伴他，給予溫飽之外還要給予滿滿的安全感。為人父母，應該要有百分百的願意，而且知道即使有了百分百的願意，在名為親子關係的旅途中，仍舊充滿挑戰。

社會太常把成為母親當作理所當然，彷彿這是女人一生必經之路，彷彿時間到了就該開始犧牲奉獻，將自己的生活鎖進倉庫，換下高跟鞋，丟掉化妝品，全心全意地照顧家庭。社會用極度嚴苛的眼光看待母親，忘了每個母親都曾是少女，也是一個完整的個體，有夢想，有自己的喜好，想去旅行，需要休息。事實是，沒有孩子需要一個放棄自我、疲倦不堪的媽媽，孩子需要的是眼神裡有光的媽媽。有快樂的媽媽才有快樂的家庭。

有時候我會想，懷孕需要九個月是為了給我們足夠的時間調適，哀悼過去。並不是說之後的一切都不好了，即使明天一樣美好，甚至更加美好，而是，唯有好好和曾經熟悉的一切說再見，才能了然無憾地走向未來。

擁抱新身分、創造新生命的旅途中，我們需要一路拾起一路放下，拾起責任，拾起無與倫比的喜悅；同時放下，放下一部分的自由，放下酩酊大醉在街角的年少輕狂。因為從今以後，我不再只是我，而是被一個小生命全然依賴著、全心全意愛著的我，我是他的母親、是他的導師、是他的避風港、是他的家、是他的好朋友、是他的安全保護網。

我翻著相片膠卷，無憂無慮的年輕女孩看似勇敢無懼的雙眼中藏著悲傷，如此渴望愛，如此渴望被愛，卻一點都不敢承認，害怕被看穿自己的脆弱因此不停地逃走。也許有一天，也許有一天她能夠體驗，真正的愛不會痛，而是療癒。

「仔細想想，我已經過了很幸福的一生。」

睡前，黑暗中我躺在先生胸膛上。

他溫柔地說：「妳還沒要死吧？」

離開婦產科診所後，我給自己一個禮拜的時間深思熟慮，照常過生活。終於，在成田機場候機室，與先生並肩坐著，我向宇宙捎來的禮物點點頭，熱淚盈眶的兩個人決定了我們的人生在此畫下分隔號，決定我們要組成一個家庭；我告訴自己，我願意勇敢一次，我想重寫自己的故事，而不是活在過去的恐懼中。如果年少單身的自由是人生第一階段，我已經過了豐盛無悔的篇章，而即將踏上的第二章節，天啊，絕對是充滿了驚喜吧。

親愛的寶寶，這是我第二次說我願意，第一次是你父親向我求婚時，第二次是你來到我們的生命裡時。我希望你知道，即使責任重大，即使充滿未知，即使半夜要起來餵奶，為了你，我都願意。

目次

第五周

2023・03・25

親愛的寶寶，我們在東京。

懷孕初期的荷爾蒙與身體變化讓我非常疲倦，雖然在旅行，每天卻只想睡覺。我們住在朋友家，朋友每天都等不到我吃早餐。

這位朋友呢，他叫做麻醬。我會形容麻醬是一位善良熱心的大叔，而且廚藝非常好，他有一個可愛的女兒，很會畫漫畫。目前除了我和你爸爸，還沒有其他人知道我懷孕，我自己覺得有點水腫，但現階段從外表上幾乎看不出任何蛛絲馬跡。雖然吃不到早餐，麻醬總是會做午餐給我們，或是帶我們到處逛逛，知道我喜歡草莓，就買了三大盒回家。

有一天麻醬休假，曾經開中餐館的他，一聽到我愛吃辣，竟然做了水煮魚，一整桌的豐盛料理連吃兩餐都吃不完。麻醬也帶我們去吃壽司，日本的米是世界上獨一無二的好吃，你在肚子裡雖然也吸收到了，但是那個Q彈飽滿的口感呀，以後再帶你體驗。

除此之外，我們在銀座吃了好幾盤煎餃、燒肉、拉麵、烏龍麵，你的爸爸是個美食家，食物又是每天的必需，自從和他在一起，我的餐桌變得五顏六色，胃口大概也增加了兩倍吧。和他一起吃的飯，都比自己吃時更好吃。

正值櫻花季，隨處都是粉粉嫩嫩的櫻花雨，一陣風吹來也像下起一場春日雪。剛下課的小學生們背著方形書包，戴著黃色小帽子，穿著沒有一絲皺摺的整潔制服在井然有序的街道過馬路。

我們在上野公園散步，天空有點灰，趁著傾盆大雨落下之前，穿梭在賞櫻人潮中拍了幾張照片，也不免俗地在一旁的神社求了一支籤。麻醬看了解釋說是支上上籤，籤上面寫著，我們即將有一個可愛的寶寶。

第五周

2023・03・28

親愛的寶寶，沒有在睡覺的時候，我躺在床上滑手機，想找一些證據，找一些活生生的例子告訴我做得到。我想某種程度上，這代表我想這麼相信吧。

這個社會有形形色色的人，各式各樣的價值觀。在台灣，我出生長大的環境中，人們很愛談錢。這並不是一件壞事，我同樣相信「錢不是萬能，但沒有錢萬萬不能」，只是有時候似乎過頭了，經濟條件成了無止境的壓力。

我和你爸爸結婚的時候，一無所有。

你的外婆強烈反對，她說婚姻和談戀愛不一樣，婚姻是柴米油鹽醬醋茶，我聽不懂。我們沒有車沒有房，但也不至於窮困潦倒，有什麼事情是兩個相愛的人無法一起努力，無法一起克服的呢？外婆篤定「愛」虛無飄渺、會消失，只有錢才是真的。而我認為錢財乃身外之物，愛是千金難買，愛才是一切動力的來源。

有人相信婚姻的基礎是物質，有人相信婚姻的基礎是感情，沒有誰對誰錯。

我想起多年前一個人旅行到土耳其時，與一群在青年旅館萍水相逢的旅人相談甚歡，在度假勝地菲提耶（Fethiye）的沙灘上聊起了家庭與生小孩的話題。

來自中國的小琪說她只想生一個孩子，原因是要確保給他最好的資源，要上私立學校，吃好用好，確保競爭不輸人；來自厄瓜多的提姆大大不同意，他說家就是要熱鬧，小孩就是要多，他有五個兄弟姊妹，每天都好好玩，多一個孩子才不是負擔，多一張小嘴吃飯而已，換來擁有大家庭的喜悅太值得，如果他要生小孩，至少三個，最好五個。坐在一旁的我心想，幸好這兩個人沒有要結婚。

親愛的寶寶，文化、家庭、環境，統統會影響我們的價值觀，很多言論都只是想法而非事實，世界上幾十億人口，用著千百種不同的思想在生活。唯有你選擇相信的念頭，才會成為你的真實。

所以，要有多少錢才能養小孩？要有多少錢才有資格結婚？要有多少錢，才足夠證明自己的價值？我也害怕過是否還不夠，但原來，追求社會的認同恐怕永遠都不夠，最後花上最好的年華，將自己的生活囚禁在別人的評論裡。

柴米油鹽醬醋茶才不是愛情的墳墓，而是一屋兩人三餐四季的幸福；婚姻不是終點，而是起點。我也許做不到，但「我們」做得到，給你一個快樂的童年，給你一個溫暖的家。

第六周

2023．03．29

蛋糕，蛋糕。

親愛的寶寶，你一定是糖做的，因為從來不嗜甜食的我，懷你後成了螞蟻。

我是個身體健康的人，健康到可以說成是天賦。我很少感冒，沒有任何過敏，到世界各地旅行鮮少吃壞肚子。直覺告訴我，我會是個健康的孕婦，你也會是個健康的寶寶。

雖然如此，懷孕初期的不適仍是史上第一次，荷爾蒙的劇烈變化讓我的情緒宛如雲霄飛車，有時候我感到甜蜜喜悅，有時候我感到快要抓狂，有時候我充滿感激，有時候我真想摔爛整桌的盤子，而這些情緒可能全在十分鐘以內，好幾個禮拜我感覺我的人生不是在睡覺，就是在情緒崩潰的邊緣。

幸好我找到了解藥。

那就是蛋糕。我一睜開眼就想吃蛋糕，而且還要吃兩個。

「幫我買蛋糕。」

「帶我去買蛋糕。」

是我這段時間最常對你爸爸說的話。

而他知道，蛋糕是滅火器，蛋糕是聖旨，蛋糕是一切的救贖。

於是，我們開始探索這座城市周邊各間甜點店，有派、有水果蛋糕、有巧克力熔岩、有烤布蕾、有藍莓塔，也有起司蛋糕、千層蛋糕，千變萬化的甜點都被我嚐了遍。今天滿足了，隔天再來一遍。

有一天我們去我在地圖上新發現的甜點店，車停在門口，我突然心情很差。想不起來是為了什麼，我幾乎快要哭了，情緒散落滿地，最後你爸爸說：「快去買蛋糕，等等店要關了。」這句話像是魔法咒語，讓我立刻收拾好眼淚，整理儀容，帶著手提包下車，再帶著兩個蛋糕與一片平靜祥和的心情回來。

俗話說錢能解決的事都是小事，現在看來是「兩塊蛋糕能解決的都是小事」，我們就先別管什麼卡路里了，你說是吧？

第七周

2023．04．05

親愛的寶寶，今天我送你爸爸去機場。

現在的你還好小好小，像一顆小紅豆一樣，幾乎不存在，卻已經是我們的生活重心了。準備迎接你到來的此時此刻，生活中充滿了變化，我們正要搬去荷蘭，你爸爸提前過去找房子，而我留下來完成工作，還有整理我們的倉庫。

關於倉庫，剛認識你爸爸的時候，那時地球經歷了兩年的疫情，是一個叫做 Covid-19 的病毒，從中國武漢開始，很迅速地蔓延到全球，因為太容易傳染，可能造成醫療癱瘓。二〇二〇年初我們從新聞上得知這個新病毒，漸漸地一些地方開始封城，漸漸地一些旅行計畫必須取消，當時還想，夏天應該就會解封了吧，殊不知一封就封了兩年。很多人死亡，很多人的生活因為不能出門而面臨挑戰，甚至很多家庭因此失和。總而言之，疫情帶給這個世界新的秩序。也有人說，疫情是地球的排毒作用，才能讓全體人類意識揚升，因為被困在家裡無法往外跑，因而不得不開始往內看，尋找自己的內在平衡。

二〇二二年夏天，世界陸陸續續解封，當時旅行還得攜帶疫苗證明，我和你爸爸有了一個很瘋狂的想法。

熱戀中的我們退掉了租屋處，帶著行李箱展開一場三個月的環歐之旅，所以有了倉庫。退掉租屋的我們把所有家當都放入倉庫，本來以為旅行回來要在台北一起找房子，殊不知人算不如天算，旅行的路上我們展開了移居歐洲的對話。

你爸爸在很多不同的國家長大，先是澳洲、美國、愛爾蘭、荷蘭，長大後到了英國念書，最後回到台灣工作，他說已經在台灣過了五年，想回歐洲生活了。而我呢，我一直都是自由的靈魂，一直都計畫著疫情結束要去某個地方生活一陣子，可能是巴塞隆納，可能是倫敦。

我說，「要做就去做，不需要一直想。」我們就這樣開始了搬遷計畫。為了簽證，前前後後花了半年的時間，最後塵埃落定荷蘭的首都，阿姆斯特丹。

二〇二三年二月我們在香港登記結婚，結束後便飛到阿姆斯特丹找房子，房屋短缺，英國脱歐後有大量人口移入，租屋市場炙手可熱到我們完全沒想像過的程度。一間房子有三、四十組人看，還會有人提高價錢，原本一千歐元願意出到一千兩百歐元。初來乍到的我們，嚇傻了。為期兩個月的找房之路比預期中更顛簸，看了好幾間都競價失敗。我們按照原定計畫返回台灣，完成我的一些拍攝工作，還有日本之旅。

就在去日本的前兩天，我心想，月經遲了一個多禮拜呢，平常很準時的。我有說過嗎？看到兩條線的時候我心臟漏了一拍，過了半天才鼓起勇氣和你爸爸説。看著那支驗孕棒，他雙眼泛著淚，他深深呼吸，他好開心。

親愛的寶貝呀，有時候我會想，在那個時候，你就已經有靈魂了嗎？是先有了胚胎後你才選擇這個肚肚住下來，還是因為你選擇了我們，於是有了胚胎？

送你爸爸去機場之後，我一個人開著車到了我們的倉庫，打了幾通電話，該搬走的，該丟棄的，全部處理妥當。另一端你爸爸到了荷蘭，一下飛機就到處看房子，尋找我們未來的家。

我坐在清空的倉庫中，發現這就是盡頭，一個結束與一個開始，同時進行。兩個單身的年輕人相遇，牽起手，決定從此以後的路一起走。即使前方還有許多未知、許多不確定，但，這一路，我們是如此勇敢、如此堅定，為此，就足以讓我相信，足以讓我感到心安。

第八周

2023．04．12

親愛的寶寶，今天是你在我的肚肚裡滿八周的日子。

我有很多夢想，很多想成為的樣子，很多想完成的事，當媽媽不是其中一個。我想這是因為，我的童年並不是很快樂。印象中，我的媽媽也不曾因為有我的存在而變得美好，她對我總是不滿意，而我對於她總有一股罪惡感，彷彿是我的出生耽誤了她的一生。

我是一個愛哭的孩子，眼淚是最忠實的夥伴，因此耳邊最熟悉的那句台詞當然是「又要哭了！」，積在眼眶裡的委屈總撐不過這四個字的尾音。「妳再哭啊！」，此時哭得更大聲了。

眼淚啪噠啪噠地掉，是小小的我與世界唯一的溝通方式。

我的爸爸離開家的時候，沒有說再見。記憶中，發財車載著幾個紙箱，離開了住的地方，媽媽變得很少回家。我常常一個人在客廳看電視，也想過幾種一了百了的方式，在浴缸裡割腕顯得有些詩意，但我還是膽小的，因此我常常泡澡，藉此獲得些許安慰。有一次我在浴缸裡睡著，醒來整缸的水都冷了，我的媽媽還是不在家。

就這樣，日子依然過著。我從國小畢業，上國中，上高中，還沒來得及意識到之前，童年就這樣過去了，公寓與新的校區從陌生漸漸變得熟悉，曾經的憤怒與徬徨也隨著年紀增長，好似理所當然地該變得成熟、懂事、諒解。

當時我們都不知道的是，心裡的傷，會成為一輩子的疤。所謂創傷，並不是在事件發生時形成的，而是在事件發生後，情緒無從消化而產生的結。

當個孩子真是不容易啊，呱呱墜地來到，什麼都不懂，萬物都是如此新鮮、如此陌生，全然依賴著父母的給予，一些食物、一些愛與關注，與一絲生存下去的機會。

偏偏，父母並不一定都懂愛，他們有時也只是另一個破碎的靈魂在世間掙扎著自己的苦痛，所以才有這麼多人披著大人的皮，追逐著名追逐著利，實質內在卻住著一個傷痕累累的孩子，只渴望一個擁抱，只渴望一份愛。

親愛的寶寶，知道你來時，我惶恐不安，是你爸爸握著我的手，說我們做得到。

遇見你爸爸之後，我才了解到，原來人可以不用孤孤單單。原來，愛是你接住我，我接住你，遇見問題時不會大罵都是你的錯，而是我們一起想辦法解決。

親愛的寶寶，我小時候，我的父母也暱稱我為寶寶。即使後來漸漸沒有人這樣叫我了，我依然相當珍惜當「寶寶」的時光。這也讓我意識到，經歷再多的失望，孩子從來不會停止愛父母，只會停止愛自己。現在我的任務就是好好把自己愛回來，因為只有我懂得愛自己之後，才有能力好好愛你。

親愛的寶寶，我保證，我會成為我渴求而不可得的父母。我會給你所有你需要的支持，我會在你哭泣時耐心等你哭完，在你受委屈時抱抱你、安慰你；我會參加你的校園活動，在你上場時為你歡呼尖叫，因為這些事情很重要，這些時刻很重要，你將在觀眾席中找到我和你爸爸炙熱的眼光，我們會讓你知道，你很重要，你很重要，你是我們掌心的寶貝，我們是多麼以你為榮。

第八周

2023・04・14

親愛的寶寶，今天聽到你的心跳聲。

很多人說聽到心跳聲會感動想哭，因為並非所有胚胎都會發展出心跳，這是好的開始，也是你的一大步。這是我第一次聽到你的心跳聲，噗通噗通噗通噗通，比成人的心跳快好多，聽起來像一個很緊張或是害羞，又或是剛跑完百米衝刺的人，但這些都不是，而是我肚子裡的寶貝。

我沒有感動落淚，只感覺深深著迷，對生命深深著迷，對你深深著迷。

你在我的子宮裡穩穩地成長著，有人說孩子之於母親呀，是在肚子裡九個月，在懷裡兩年，在身邊十八年，在心上一輩子。母親母親，是個如此特別的身分，即使聽著你的心跳，我仍然不確定怎麼做一位母親。但今年我向宇宙許了願，要療癒我傷痕累累的女性能量（Feminine Energy），於是祂給予了我一個雌性動物能完成的最崇高任務：孕育下一代。

然而，這五個字明明這麼高尚又偉大，卻令我感到害怕，害怕失去自己，害怕被剝奪，害怕我不再是我。

只是，今天聽著你強而有力的心跳聲，我變了，我變得願意，即使從今以後我不再是從前的我，我已經因為你而成為更勇敢的我。

第九周

2023・04・23

親愛的寶寶，今天覺得很亮嗎？

一整天媽媽都把肚子露在外面，拍攝聯名泳衣的宣傳照。雖然你像一顆櫻桃般那麼小，也還感覺不到光。

我知道我的肚肚裡住著你，好像在玩一個心照不宣的遊戲，現場十幾二十個工作人員，只有你和我知道這個祕密。雖然剛開始有點不安，小腹不再如往常般平坦，但反正會後製修圖，我就放下心中一塊大石頭了。

這幾天媽媽我一個人在台北亂晃，工作，也見了一些朋友。每天依然嗜睡，幾乎都下午三點才起床，沒有什麼動力，也沒有精神。我感覺自己一半在水裡，一半在空氣裡，只有一隻耳朵聽得見外面的聲音，另一邊則是嗚嗚矇矇地作響。

我對未來感到迷茫，準備搬去一個新的國家這件事並不那麼陌生，但即將成為母親，就像開啟一扇神聖的大門，門後是一個白白亮亮的世界，又寬又廣，卻亮到什麼都看不到。

我很迷惘。即將搬去一個新的國家，即將成為母親，這兩件人生大事怎麼可以重疊在一起，同時發生？

有時候我也懷疑自己是不是過度樂觀，怎麼可以就這樣，悠悠地走向未知的康莊大道？為什麼我沒有尖叫，沒有害怕，沒有抱怨，沒有亂七八糟，沒有壓力爆表？仔細想想，也許我有，只是我太樂觀了，所以我的憂鬱彷彿無傷大雅，樂樂小姐總是會跳出來說：「Hey! Look at the bright side!」看呀，每件事情都有好的一面！我們可以的！

我不知道該向誰訴說擔憂，於是約了一位朋友，她在兩年前生下一個寶貝，曾經也是不婚不生主義者。

我們穿著比基尼躺在沙灘上喝著無酒精飲料，我和她說自己懷孕了，她說我就知道。

「因為妳的胸部變得很大。」

她給了我一個非常燦爛的笑容。

我開始連環提問，當媽的生活？當媽的感覺？當媽？到底是什麼意思？要犧牲什麼？好玩嗎？還有得玩嗎？人生結束了嗎？後悔嗎？後悔怎麼辦？

她說，孩子教會她無私的愛，無私的付出。

我當時真的，聽不懂。

什麼意思啊，有講和沒講一樣，但看著她臉上如此溫柔而堅定的光芒，我好像也安心了許多，就相信吧，這段旅程，也許以後就會懂了吧。

第十周

2023・04・26

十三個小時的飛機後，抵達阿姆斯特丹。

親愛的寶寶，這是你即將出生的地方，是我們未來的家。

這裡的人很高，男生平均身高一百八十五公分，女生平均一百七十二公分，機場洗手間的手把在我胸前，鏡子裡只看得見我的額頭和眉毛。這裡的起司和牛奶很有名，也許這是他們長這麼高的原因，還有風車和運河。這裡人人都騎腳踏車，我也帶了一台腳踏車來，是我第一次帶這麼大的行李出國。也許我們都是衝動的人，一個念頭，一張單程機票，幾個行李箱，兩個人（即將是三個），就這樣飛來遠得要命（也高得要命）王國，重新開始，建立屬於自己的生活。

對，簡單來說，我們計畫要移民。但我從來沒有使用過這兩個字，因為聽起來好大、好不得了，彷彿永遠不會再回來。我總是說「移居」或「去那邊住住」，畢竟，人生沒有什麼是永遠的，如果我想，隨時都可以離開，去別的地方，或者回台灣。這個計畫是在知道即將有你加入我們的生活之前就決定的，隨著你的到來，這計畫看起來更像是宇宙的安排。

在飛機上睡得不錯，空姐給了我一整排的空座位，吃飽之後就可以整個人躺下來。你爸爸早就在史基普機場等我了，他穿著深藍色大外套，買了一束五彩繽紛的花，站在人群第一排。

親愛的寶寶，這就是你的爸爸，溫柔體貼，有責任心，該接你的時候一定準時到，並且給你一個很大的擁抱，也一定會讓你知道他有多開心見到你，從來不會令人失望。

四月的荷蘭氣溫只有十三度，聽說現在是鬱金香的季節。抵達這一天，天氣晴時多於偶陣雨，你爸爸訂了一台載得下所有行李的廂型車，在灰色的天空下搖搖晃晃地往城裡開去，搬進新家之前，我們將暫時住在Airbnb。

放下行李，我們牽著腳踏車去組裝，買了麵包和食材回去煮午餐，我和你爸爸勇氣可嘉的新生活，就此展開新的篇章。

第十周

2023.04.27

親愛的寶寶，今天我們第一次去見助產師，離我們的家只要步行三分鐘的距離。

必須決定在台灣生還是在荷蘭生時，你爸爸希望我們回台灣，因為你是我們的第一個孩子，沒有經驗，在荷蘭也沒有家人支持，語言也有隔閡。他說的都有道理，但我用自己的時間，左思右想，多方比較之後，還是決定在荷蘭生。

第一個原因：醫療。

上網看了其他人的經驗，荷蘭的醫療系統給我一種可靠且冷靜的感覺。產婦非病患，負責人是助產師而不是醫生，照超音波有專門去的地方，若一切健康順利，整個孕期都不會見到醫生。在荷蘭的觀念裡，醫生是給重症病患用的稀缺資源，也沒有所謂的名醫。

說不上為什麼，這樣的平等讓我感到安心。

回頭看台灣，名醫診所百百種，有些還要透過關係或朋友介紹才排得上隊，理當是讓人有選擇的自由，但糾紛同時也有百百種，令我焦慮不已。要是，要是我選錯了怎麼辦？我要怎麼確定我選的是最好的？別人推薦的可能不適合我？

也許骨子裡我就是個控制狂，深怕在這麼重大的人生大事中哪一個環節出了差錯，大至藥物介入，小至哪位護士講了一句不合時宜的話，都會讓我抓狂。所以我索性逃得遠遠的，什麼都不選。

我只選了一間離家最近的助產師診所，有四位助產師輪班，產程開始後得看是誰值班，誰就會來接生。也不能預訂醫院，哪裡最近有房間，就去那裡。在荷蘭，生產方式相當多元，可以在醫院，可以在沒有醫療設備的生產中心，也可以在家裡。只要評估是低風險產婦，就可以居家生產，這令我滿心動的，在自己家裡多舒服呀，你爸爸卻嚇壞了。

第二個原因：時間與距離。

如果要回台灣生產，勢必得回去待產加上做月子，前後加起來至少兩、三個月。我們剛來荷蘭，還需要適應新的生活，我並不想來了幾個月後又大舉遷徙。回台灣是熟悉，但這裡才是我們的未來，既然醫療等條件不差，也挺適合我的，我想留在原地生產。

第三個原因：自己的空間。

我是個很喜歡自己做事情的人，嗯，從寫書這件事也許就看得出來。我寧願和你爸爸辛苦一點，自己去犯錯，自己查資料學習，一步一步用自己的速度走；我也不想要身旁有以「為妳好」為藉口而難以控制的碎碎念，跨越界線。我愈想愈覺得，原來我是個如此內向，如此需要自己空間的人。

決定在一個沒有家人，幾乎沒有朋友的遙遠國度生產，我覺得自己滿勇敢的，同時也覺得這是對的選擇。而且，我有我的丈夫，他是這個過程中最重要的人，最大的支持。

聽完我的理由之後，你爸爸尊重我的想法，替我在荷蘭登記了助產師診所。

第一次踏進助產師診所的問診間，因為上網查過資料，心裡有了準備和台灣的不一樣，不會看到任何醫療設備，反而更像一間溫馨的咖啡間。問診過程就像在聊天，助產師名叫康士坦，她平靜且有耐心地回答我所有的問題，說診所裡有四位助產師，我以後會和大家都見到面。

量血壓時，她拿出像一組玩具般的器具，手動充氣，讓來自精密高科技儀器國度的我感到很新奇。聽你的心跳時，她使用一支細細長長的木製聽筒，讓我以為自己時光穿越來到了古代。她說儀器有可能會故障出錯，有時候看似古老的傳統工具才是最可靠的。

康士坦告訴我，一切都很好，並且推薦我一些媽媽的運動社團，還有孕婦瑜伽課。她說除了生食，沒有什麼特別不能吃的食物，要我放鬆心情，能動就多動。我覺得很幸運可以享受這樣的自由，沒有不能喝冰的、不能釘釘子、不能拿剪刀等等習俗的限制，還有很多時間可以想想我的生產計畫。

而在那之前的首要任務，就是好好生活。

第十一周

2023．05．01

親愛的寶寶，我想向你介紹你的第一個家。

阿姆斯特丹的老西區，這裡的街區小巧而迷人，磚造的細長房屋林立，附近的餐廳散發著誘人的香氣，貝果店、咖啡廳和各式商店都在步行距離內，只需要五分鐘就能踏入阿姆斯特丹市區最大的公園，凡德爾公園。那裡的樹大如森林，滿是大自然的悠閒氣氛。

阿姆斯特丹這座美麗的城市充滿了豐富的荷蘭文化特色。河道與橋樑交織成美麗的風景，這裡的居民喜愛騎著自行車穿梭於狹窄而迷人的街巷，無畏颳風下雨，他們說沒有壞天氣，只有不正確的穿著。

在我們居住的老西區，每一棟百年老公寓都是城市歷史的見證者，帶有濃厚的古老風華。這個家，是一棟保存完好的百年歷史老公寓，每一塊磚、每一片木地板都是時光的蹤跡。走來走去時，還會聽到木頭地板發出拐拐拐的聲音。找到這個家並不容易，因為市區房屋短缺，遠遠跟不上人口的增加速度，每一間釋出的房子都是好幾十組人在競爭，甚至有人出更超過的價錢只為了求一容身之處。

親愛的寶寶，我們的家擁有一個舒適的房間，溫馨的客廳，以及開放式的廚房，浴室的浴缸是我每天的靈魂療癒所，泡澡使我舒心、放鬆與平靜。後院是這個家的小小樂土。三隻鄰居的貓常常在陽光下悠閒地打盹，一隻樓下鄰居的米白色小貓，有一雙圓圓水汪汪的大眼，修剪得非常整齊的毛，牠很害羞怕生，總是遠遠地看著我們。另一隻是阿橘，後院的老大，總是跑來跑去地拜訪每一戶人家。還有一隻，我們花了一段時間才成為朋友的黑貓布萊奇。後院有一棵大大的樹，綠油油地為這個小天地增添了生氣，讓我們每天的視野都被深深地療癒了。

樓上住著一對來自英國的情侶，樓下是一位來自南非的單身漢，每一位鄰居都很友善，年輕有朝氣，彬彬有禮。現在是初夏，陽光正好，透過窗戶灑進溫暖的光線。這個家雖然只有十六坪，卻承載了滿滿的期待與愛。每個角落都充滿了我們對未來的期許和希望，等待著你的到來。在這個家裡，我們期待與你一同展開新的生活，見證你的成長，分享你的喜悅。這裡充滿著愛，是你溫馨的庇護所，希望當你從媽媽的肚子來到這個小小的天地時，會喜歡我們替你準備的一切。

第十二周

2023．05．05

親愛的寶寶，你的外婆，我的母親，在她二十八歲那年來到了異鄉，生下我。我從未想過，我也會在我的二十八歲踏上生兒育女的旅途。但我最害怕的，是重蹈她的覆轍。我依賴著她長大，看著她的模樣，卻愈看愈像霧裡看花。

那一天，陽台的花快枯了，我不由自主地悲傷。

因為我知道我母親的反應，待那一盆一盆住在咖啡色盆栽的小鮮花兒都枯謝後，她便會再也不相信花。

就像十多年前，家裡買了一台吸塵器，象鼻般長長的黑色塑膠伸縮管連接著主機，像一隻暗紅色大屁股的食蟻獸，在木地板上呼拉呼地大吃灰塵，後面還有一條尾巴連接著插座，每去到一定的距離就得卡住重來。吃完灰塵後還得幫食蟻獸洗肚子、拆鼻子、收尾巴。諸多不便，遠遠比不上靈活輕巧的掃把。漸漸地，它被打入冷宮，我不記得最後食蟻獸去了哪，只知道我母親至今仍然鄙視任何吸塵器的存在。

我想，年少時的她，也給過愛情機會吧。轟轟烈烈，深深刻刻地愛過人，會牽手去吃晚餐，坐在腳踏車後座笑著，生活簡簡單單地美好，直到對方那天出門，卻忘了平安回來。是不是承載了一生的失望，沒有人替她包紮，才讓心碎成了幾千萬片，尖銳而冷漠地模糊了血肉，才讓她層層偽裝，深怕光是臆測都會不小心割傷了手。

後來她去了很遠的地方，遠還要再遠，先是跨區，跨城，跨州，跨海。選了一個男人結婚，只因為可以帶她去更遠的地方，即使後來離了婚，也甘願獨自留在他鄉，不願回去那個有朋友有家人的故鄉。

「氣候宜人」，她說。

我長這麼大，唯一看過一次我母親哭，是她的腳踝骨碎裂。打著石膏的她有一天坐在馬桶上悲從中來，眼淚啪噠啪噠地掉。

親愛的寶寶，我是膽戰心驚地長大的，小時候的我，總在半夜裡驚醒發現身邊沒有人。我總是坐在樓梯口哭到累了，再獨自回到床上睡去。我總是害怕我的母親天亮了還沒回家，會不會就再也不回家。我總害怕她言不達意，害怕她口是心非，害怕她暗地裡傷心，害怕她再也不相信花。

我想，我母親有一顆很堅強的心，從來不喊苦也不喊痛，但不代表她的心不疼不苦。看著她的背影長大，我總想保護她，渴望成為更強壯更有用的人，卻步步為營，像過河的青蛙盤算著哪一顆溪石穩固可靠。

我想，記憶有時候會騙人，那些太過血淋淋的畫面會自動被刪去，若沒體驗過，怎麼會知道家可以是溫柔與軟綿綿的。親愛的寶寶，知道你在我肚子裡睡得安穩，令我感到放心。我想，我想做一個不一樣的母親，我希望家的感覺不是擔心，而是安心。你若在半夜裡醒來，可以不用害怕，因為你會總是，有我們在身旁。

第十二周

2023．05．17

親愛的寶寶，最近我每天都睡到中午，什麼事都沒做卻好累，很慶幸可以自由選擇我的工作時間。我開始非常欽佩每天早上需要去上班的懷孕媽媽們，突然懂了為什麼大家都說，懷孕很辛苦。

來到荷蘭之後，我和你爸爸相依為命，我在這裡沒有家人，暫時也還沒有朋友，雖然有點孤單，但我是感激的，我想我很需要這樣的平靜與怡然自得，也很享受每天和你爸爸黏在一起的生活。

通常我睡醒時他已經開始煮午餐了。最近我們常常吃義大利麵，荷蘭和台灣很不一樣的事情之一是，外食太貴太貴了，而且有時候還不如自己煮的好吃。

剛來荷蘭時，我們兩個都是不太常煮飯的人，但你爸爸特別有天分，所以每一次他下廚我都用力誇獎、努力讚捧，手機拿起來拍呀拍，還上傳社群媒體，現在他已經成了家中的大廚，時不時端出令人驚豔的料理。

好比牛排沙拉佐阿根廷青醬（Chimichurri），在他端上桌之前，我根本沒聽過這個字，切碎的巴西里、蒜頭、紅酒醋、橄欖油、一點辣椒粉，再加上一點點鹽，我熱愛橄欖油與鹽巴交織而成的天然香氣，加上香料的搭配，將牛排與青菜沙拉提高到另一個層次。

和你爸爸在一起之後，我吃了好多以前沒吃過的食物，因為他是美食家，我們一起旅行時，找餐廳是他的拿手好戲。以前我都是窮遊，在世界各地體驗生活，吃得簡單樸實，食物從來不是我的重心。平時在家呢，更是不挑，對我來說食物等於熱量，一個人時我吃得極其清淡簡約，常常是水煮雞胸肉與燙青菜，或者豆腐香菇拌麵，出門聚餐則盡情享受完全不忌口，這是我以前的生活方式。

還記得剛和你爸爸約會時，我傳了一張自己下廚的食物照給他，我的招牌雞胸肉與燙青菜，以為他會欣賞我健康的飲食習慣，沒想到交往幾個月後的某一天，他緩緩地告訴我當時他有多驚訝，覺得我的人生真是食之無味……

說到這，今天的晚餐是來自爸爸大廚的希臘料理：穆沙卡（Moussaka），有點像千層肉醬麵，但沒有麵，取而代之的是切片的茄子、櫛瓜、番茄和馬鈴薯，撒上很多很多莫札瑞拉起司，放進烤箱把起司表面烤得焦焦的，吃起來健康又美味。

親愛的寶寶，這些日子在我的肚肚裡，不知道你是否也嚐到了這些美味？我沒有刻意控制飲食，懷孕已經帶來了這麼多忐忑，想吃就好好吃吧。當然，除了生牛肉塔、生蠔與生魚片等不推薦的生食，雖然我很喜歡，但為了你的健康暫時不吃了，等你以後長大再去品嘗囉。

親愛的寶寶，懷孕確實很辛苦，但能夠被所愛之人細心照顧著，一起經歷這個充滿未知的過程，也是一種幸福呢。

第十五周

2023．06．10

親愛的寶寶，媽媽前幾天做了傷害你的事情，你爸爸很生氣。

簡單來說，我和朋友出去喝了酒，酒還是我買的，因為我想要感覺自由，想要感覺像「從前的自己」一樣。但事實上，那一點都不好玩，我去廁所吐了兩次，我捧著肚肚的你向你道歉，希望你有收到。

我知道我很不應該，我是一個不稱職的媽媽，但經過這次之後，我想我對自己心中的恐懼有了更深層的了解，以後也許，也許，能夠更溫柔地面對它，而不是再毀滅性地做出傷害自己，傷害你，傷害你爸爸，傷害我們這個家的事情。

你爸爸非常生氣，但他處理的方式令我非常佩服，也讓我對他更加尊敬。

首先，他出去跑步，跑了二十一公里，把暴怒的情緒代謝掉，然後他平靜地對我表示他的憤怒與失望，他甚至請我離開這個家，我當時覺得很難過。

他睡在沙發上，不跟我講話，隔天他跑出去一整天，回來之後對我說他列了一份清單要和我談談。

我們坐下來，他問我問題，談了好幾個小時。

談話中有他的憤怒，也有我的眼淚。我解釋著自己的情緒與困境，不覺得被理解與包容；我也感到悲傷，但我忍住不讓悲傷化為尖銳的刺，說出賭氣的話。我好像好一點了，即使讓自己處於軟軟脆弱的狀態，即使像隻無殼的寄居蟹或蝸牛，看起來軟趴趴又黏黏醜醜，即使如此，我也不再急著替自己裝上盔甲了。

我願意保持柔軟，聽你爸爸說的話，並且理解他，而不是「那你怎麼不理解我！」。

親愛的寶寶，你的爸爸是個很好很好的人，好到我幾乎不配擁有他。

他不在家的那個下午，一個人跑去看了電影，連看三場魏斯．安德森的電影，我們原本說好一起看，他生氣便自己跑去看了。「哼！」他說。

我很心疼很後悔自己傷害了他，他是一個這麼好的人，即便在最憤怒的情況下，也從來不曾做過令我心碎的事。從今以後，我也要更珍惜他才對，好好珍惜他，珍惜你，珍惜我們可貴的一家人，世界上沒有什麼比你們更重要的。

我想，正是這個念頭讓我害怕。

從小到大習慣一個人的我，根本不懂什麼叫做家庭，於是我享受著自由，一個人無憂無慮地四處漂泊，但現在我要替你負起責任了，我不再是一個人。

記得剛和你爸爸交往的時候，好幾次他對我說：「你不是一個人了。」兩個人的概念仍然有點模糊，現在我們即將是三個人了，也許以後會有四個人也說不定。這一切發生得太快太突然，我小小的腦袋還轉不過來。但另一方面，你的爸爸，他從知道你存在的那一天開始就準備好了。

親愛的寶寶，我的爸爸並沒有參與我的成長，但你的爸爸不一樣，他會一直一直在那裡，給你所有你需要的，你會是他生活的第一優先，就像我總是他的第一優先一樣。也許等你長大一點，我們兩個可以一起躲在被窩裡偷笑，這個家真幸運，有一個這麼好的爸爸。

第十六周

2023．06．12

親愛的寶寶，今天又是天氣晴朗的一天，來到荷蘭之後，媽媽我變得比較內向，比較喜歡獨處勝過四處聚會，感覺舒舒服服的，專注在自己的生活中。雖然每一天的日光很長，依然咻地一下子就過了，就像現在，你已經住在我的肚肚裡整整十六周了。

希望你住得還算舒適，希望你溫暖，希望你頭好壯壯。

我開始說服你爸爸買一把吉他，我們可以一起唱歌給你聽。未來我們會一起做好多事情，去好多地方，如此深如此強烈的羈絆令我害怕，害怕失去，害怕自己做不好。然後有一天你會長大，你會自己去做好多事，去好多地方；你會有自己的朋友、自己的生活、自己的煩惱，有一天你可能會覺得我們是老古板，有時候我們可能會有衝突，但無論如何，我希望給你的——在我能夠掌控的範圍內——是安全感，是一個你知道隨時都會張開雙臂歡迎你、擁抱你的家。

親愛的寶寶，你會是個什麼樣的寶貝呢？喜歡什麼食物？喜歡什麼顏色？你是個安靜的孩子或是活潑外向？你長得像爸爸或是像媽媽？好多好多的未知與期待像盪鞦韆一樣，有時候高高地飛，有時候又害怕墜落。

但我很努力唷，既然要當媽媽，我就要當個好媽媽，至於好媽媽是什麼模樣呢？我還在摸索。現階段我想做的是先療癒自己所受的傷，不用自己的成見去評斷是非對錯，試著成為更有意識、心胸更開闊的人。

我們帶你來到這個世界上，緊緊牽著你的小手一步一步走，只為了學會放手，看著你從完全的依賴漸漸長成獨立的個體，長得出類拔萃，長得健康茁壯。父母的課題是在學會無條件的愛與付出後，再學習目送你遠走。我曾經以為孩子是沉重的負擔，現在才明白，是你讓生命變得更有意義。

第二十一周

2023．07．23

親愛的寶寶，在今天以前，你沒有性別，你不是兒子或是女兒，你就是一個寶寶，我們心愛的寶寶。

照二十周的超音波時，護理師問我們想知道性別嗎？我說不，我們要舉辦性別揭曉派對。於是她貼心地將照片放入一只信封，我們就這樣帶著白色的信封回家，沒有人急著拆開。

昨天我帶白色信封去附近的氣球店，老闆很慎重地請我離開，並且再三強調：「等我打電話給妳，再回來。」深怕我逛一逛回頭踏進店裡撞上了他正在填充氣球的瞬間。

完美主義的我為了這一天焦頭爛額。

為了呈現心中的理想畫面，我找了專門辦野餐布置的廠商，擺出精緻的刀叉與碗盤、桌巾、色彩和諧的坐墊，還有一隻柔軟的大熊。雖然正值仲夏，今天的天氣看起來卻不太穩定，因此我們把公園野餐計畫移到室內。為了挪出足夠的空間，我們把客廳的家具全都藏進了房間，雖然房間因此變得寸步難行，但我非常滿意，在家很溫馨，也完美避免了任何風吹雨淋的不適。原定要找外燴，也因為計畫的更改，加上省錢，改由你爸爸，路西大廚一手包辦。

路西大廚煮了一大鍋紅酒燉牛肉，還炸了薯條，兩道都是他的招牌菜。我們小小的家來了二十個客人，說來也很厲害吧，才剛搬到世界另一端的我們，竟然可以湊出二十個朋友。這些叔叔阿姨們，以後也都會是你的朋友，也許還會生一些小小朋友和你一起長大。

大家聊著笑著，窗外的綠葉映著夏日悠閒的氣氛，一切都很剛好，很美好。我們準備了一張大海報，讓每個人可以簽上自己的名字，猜猜你是男生還是女生。結果意外地非常對稱，一邊各有十個人，連我和你爸爸，都一人站一邊。其實性別對我們來說一點都不重要，但在揭曉的這一天，仍然感受得到胃裡團團轉的緊張與期待。

我拿出飄在房間裡的大氣球，今天的重頭戲。

朋友們都站了起來，圍繞著我們，像跨年那樣倒數，五、四、三、二、一……碰地一聲，藍色彩帶如雪般飄散在空中，伴隨著此起彼落的尖叫聲，填滿了整場派對，落在香檳杯裡，落在碗盤裡，落在我的頭髮與肩膀，也溫柔地落進了我心裡。

嗨，小男孩。

「我們要有一個兒子了！」你爸爸大喊。

有好一段時間，我以為肚子裡的是女生。坊間有很多說法，肚子尖或是肚子圓，孕期皮膚亮還是暗，你的外婆堅信我懷了女孩。

我想，女孩也不錯，畢竟我自己是女生，但同時我又很擔心，女孩要面對多少世界給的壓力與焦慮呀。身為母親，我該如何確保我的女孩足夠愛自己，足夠有自信，足夠相信自己有能力完成所有她想完成的事情？

但是，氣球爆開後是藍色的，原來是你，我的兒子。

性別揭曉當下，媽媽我是茫然的，因為原本的擔心都不算了，儘管有壓力，但至少我知道當女生是什麼感覺。我開始想著，我要怎麼和一個小男孩相處？我要怎麼陪你玩耍？我能夠懂你喜歡的玩具與電影嗎？畢竟，這一切都是我的人生裡不曾有過的經驗。

所謂凡事都有第一次吧，這是我第一次當妻子，第一次當母親，而你是我的第一個孩子，第一個兒子。不知道未來會如何，只能說，凡事請你多多指教了。

第二十五周

2023．08．20

親愛的寶寶，我們開始上連續五個禮拜的產前先修班。

英文授課，來參加的都是和我們一樣住在阿姆斯特丹的外國人，印度、英國、保加利亞、烏克蘭、敘利亞和義大利，一群擁有不同文化背景的人，如今因為擁有了一個共通點而齊聚一堂：第一次當爸媽。

課程特別規定懷孕二十五周後才能報名，為了鼓勵伴侶一起參加，兩個人的費用和一個人一樣。準爸媽們在教室裡坐著圍成圈，課程主要是讓我們了解生產的過程，身體發生什麼事，可以做什麼來舒緩宮縮，什麼時候要打電話給助產師……

老師說，面對陣痛的心態很重要，如果太過害怕緊張，腦袋會分泌腎上腺素，而腎上腺素會阻擋催產素（Oxytocin）。催產素是重要的夥伴，是天然的減痛劑、子宮收縮劑，也會促進產後乳汁的產生。簡單來說，當催產素停止，產程就停止了，可能會需要醫療介入。

因此，我們花了很多時間探討如何「放鬆」，第一堂課的開場就是練習專注呼吸，練習利用呼吸的技巧讓身體放鬆下來。還有另一個練習，請爸爸捏媽媽一分鐘，讓媽媽感受一下那種逐漸加強的痛，以及痛的時候記得呼吸。

準備做這個練習時，突然有一位爸爸舉手：「所以老婆開始陣痛時我就捏她嗎？」

現場每個人都笑到東倒西歪，真正陣痛時被老公捏，會揍死他吧。

這個課程讓我感到放心許多，感覺如果了解更多生產知識，就更有把握能夠好好面對。這堂課也讓我發現，荷蘭人很有耐心呢，崇尚並相信自然的他們，若一切健康的前提下，不能安排剖腹產，四十二周前不催生，對於產程遲滯的定義是待產超過七十二個小時。也就是說，分娩持續三天都是可接受的範圍，只要寶寶心跳穩定，不會使用醫療介入。

在我的印象中，台灣孕婦安排時間去催生和剖腹產都是家常便飯，減痛吃到飽更是必備，網路上的文章都大力讚揚減痛分娩的好，荷蘭老師卻在課堂上宣導脊椎麻醉帶來的不必要風險，以及她自己生三個孩子都沒有打減痛。

這讓我想起我認識的另外三個荷蘭女生，生小孩同樣是完全無藥物介入，對她們來說，身體本來就知道如何生小孩，最低程度的外力影響才是「正常」。生產的文化差異，讓我大開眼界。

雖然崇尚自然，但難免會有胎位不正或其他需要剖腹的狀況，課程也有介紹關於剖腹的知識，其中我覺得很特別的是相當重視肌膚接觸。一般自然產後會有一個小時的肌膚接觸，剖腹產只有約十分鐘，因為媽媽需要縫針與恢復，但這時寶寶會被帶去和爸爸做肌膚接觸！因為寶寶剛剛來到這個陌生的世界，又不在媽媽身邊，很需要有熟悉的聲音和味道幫助寶寶有安全感。

我提問：「既然是肌膚接觸，爸爸需要脫掉上衣嗎？」

老師說很好的問題！沒錯！還建議有胸毛的爸爸切勿刮毛。我開始想像醫院某個房間裡坐了一整排裸著上身抱著小嬰兒的新手爸爸們。

雖然懷孕是女生在懷，生產是女生在生，但老師非常強調爸爸在這個過程中扮演多麼重要的角色。課堂上的佳偶一對一對並肩坐著，挺著大肚子的母親們臉上充滿對於未來的期待與未知的擔憂，父親們則是重要的支持者。放眼望去，他們不是摟著母親的肩，就是握著她的手，每結束一個章節，父親們總是踴躍地提問，專注地試著理解更多，深怕自己在重要時刻做錯了任何步驟。他們認真練習著按摩的手技，畫圓形、畫八字形，他們低頭寫筆記，每五分鐘陣痛一次，每次持續一分鐘，打電話給助產師！

啊，並肩合作的感覺真好。

親愛的寶寶，知道你會在一個這樣重視新生命的地方出生，令我安心。

第二十七周

2023．08．29

親愛的寶寶，有時候，我是這樣魯魯莽莽的。

從產前先修班回家的路上，夜幕低垂，畢竟八月已進入尾聲，白天變得愈來愈短，夜晚愈來愈長。這是以前住台灣不曾經歷的步調，季節，在高緯度的土地上變成日常。

回頭看，熱帶氣候顯得直爽，要嘛很熱，要嘛下大雨。溫帶氣候則像一位優柔寡斷的女孩，還好，她的情緒很有規律。氣候似乎也映照在人的性格上，愈冷的地方，人也愈冷。住在四季顯著的國家，讓我漸漸了解到生命也有四季，如花開花落，人一生的際遇同樣有起有落，而非一條直線直直地上升。明白自己現在在哪個季節，做那個季節該做的事，並且不用慌不用忙，因為春天來時，生命就會像後院的橡樹一樣，自然而然地長出新芽。

不用急，不用趕著去哪裡，因為季節不會加快腳步，必須學會耐心等待。

就像懷孕一樣，急不得。

我並沒有辦法努力有效率地懷孕，六個月就讓你發育成熟準備好出生來到這個世界。我再怎麼著急都沒有辦法請懷孕這件事情「快一點」。這違背了我以往習慣的生活態度，我總是很急，總是在趕著去哪裡的路上，行程總是很滿，總是想要立竿見影，總是沒有耐心。

懷孕這趟奇幻旅程中，我莫名其妙地被迫慢了下來，因為搬到國外生活而不再有滿檔的行程，取而代之的是悠長的午後，空白的時光；隨著懷孕周數的增加，我的行動愈來愈緩慢，反應也愈來愈慢，需要的睡眠時間愈來愈長……

我一度擔心，我這不就成了個廢人嗎？我怎麼不像從前那樣衝衝衝了呢？

直到我在廣播上聽到了季節理論，他說要認出自己的四季，在對的時間做對的事。的確，如果不知道現在是秋天，一直播種希望看見種子發芽，換來的肯定是滿滿的失望；而如果誤把春季認成了冬季，豈不就要錯過花開滿堂的風采？這麼一想，我便能夠對自己溫柔一點了，我不需要不停創造巔峰，而是需要認識自己的四季。

從產前先修班回家的路上，我騎著從台灣帶來的電動腳踏車在路上奔馳，天色已經暗了，街燈也已亮起。你爸爸騎在我前面，一溜煙就看不到人影，我加快腳步，踏踏踏，不小心一個恍神，失控地摔了車。

據說受到驚嚇後大腦會啟動自我保護機制，刪除那個可怕的回憶。所以我幾乎馬上就不記得到底發生了什麼事，一旁的路人們圍過來扶起我，你爸爸聽到聲響也馬上回頭。我揉揉肚子撞到的左側，還有疼痛的左腿，四下觀望一會兒才回過神，人沒事，腳踏車沒事，倒是不小心把一旁停著的腳踏車撞歪了幾台。

真是抱歉，但又同時深深感謝荷蘭的道路設計，利用單車停放區把腳踏車道和快車道遠遠地隔開來，讓孕婦本人避免了摔倒在快車道上的風險。

回到家我馬上打電話給助產師。以往聽說過很多對歐美國家醫療體制的不滿，好像有事很難找到人幫忙，我卻幸運地經歷了相反的一切。

助產師很溫柔地在電話中安撫我，三十分鐘後提著一個小小工具包出現在家門口。卡洛琳請我躺在沙發上，她是一個非常荷蘭的荷蘭人，一頭捲捲的銀髮。有時候我們會閒聊，她二十幾年的助產師生涯中，接生了超過三千個新生兒，是一位非常資深的助產師。

老實說，比起身體不適，我更感受到靈魂受到驚嚇的不安。

卡洛琳拿出一個神祕的棒子，透過它可以聽到你的心跳聲，撲通撲通撲通撲通。

「非常完美」，她說。一切都很正常，沒有什麼好擔心的。

與此同時，我很感謝她沒有對我說教，罵我為什麼要騎腳踏車，或責怪我騎得太快，沒有保護好寶寶，也沒有請我別再騎。沒有任何恐嚇或大驚小怪，只有滿滿的同理心。

卡洛琳像一位慈祥的奶奶，對著我說：「是啊，一定很可怕吧。」「妳一定嚇壞了。」「但是寶寶一切都很好喔。」「我們都確認過了！」

原來完完全全地被同理心接住，是一種這麼柔柔軟軟的感受。原本受到晃動而不安的靈魂，已經不害怕了。

親愛的寶寶，有時候我是這麼魯魯莽莽地，在生活中跌跌撞撞著。你選擇我當你的媽媽，肯定是來教我些什麼的吧？而且，你肯定也是相信我的吧？相信我會是一個……好媽媽？

既然你相信我，我也相信你，我們成立一個信任小組。你和我一起，不用急，不用趕著去哪裡，因為四季有自己的規律，花開花落，自有時。

講到這裡，我想你的現在進行式是春天，正在發芽，慢慢地長大。而我呢，正在經歷一個冬天，天色大部分時間都是暗的，或者一恍神天就黑了，安安靜靜地，下著雪。在這樣的冬天裡，就別勉強自己當什麼精力充沛的陽光女孩了，不如生個火，裹條毯子喝杯茶吧。

冬天來了，我要允許自己，進入冬眠。

第三十二周

2023．09．10

親愛的寶寶，你知道你在希臘嗎？

這是你在媽媽肚子裡去過的第五個國家。我們正在前往聖多里尼的飛機上，這是你爸爸一手策畫的生日驚喜。

我不知道該怎麼形容此刻的心情。我們搬來荷蘭後，我很想念陽光，想念海，想念在豔陽下跳入冰涼的水裡起身後不會冷到發抖的氣溫。但生活很忙，夏天匆匆地過了，有很多事情要做，原本是來不及策畫一趟溫暖之旅的，你爸爸騙我說，我們要開車去荷蘭南方的沙灘露營，大概很冷吧，我從來不習慣冷冽的海，他要我多帶一些漂亮的沙灘洋裝，我隨手抓了幾件丟進行李箱，當然還帶了幾條圍巾和毛呢大衣，冷也沒關係的，只要兩個人在一起都好。

原以為我們要從機場租車，不疑有他地在天亮之前搭著計程車抵達機場，才知道我們要起飛。我好感動，想著他這段時間一個人默默計畫一切，訂機票、訂飯店、訂餐廳、訂行程，想著他為我們做了這麼多，就覺得我真是不應該對他隨便生氣。

親愛的寶寶，我想你是來幫助我的，你來幫助我變成一個柔軟的人。我一直都很強勢、橫衝直撞，但世界並不是只有一種生活方式。我也相信外在是內在的反射，當我如此僵硬又衝動，迎面而來的也可能會讓我頭破血流。

孩子出生時都是柔軟的，特別是頸椎還沒長好之前；孩子的雙眼都是明亮又充滿好奇，無邊無界的，也許那就是我別無選擇地將從你身上學習的事，也是我極度需要的。

來到海島有一種回家的感覺，連空氣的溼度都剛剛好的熟悉。

望著藍藍的天我開始想，有一天你會讀到這些信嗎？如果會的話，對你來講肯定是個奇妙的體驗吧？那些你不記得卻參與的日子，那些因為你而起伏的心情。

有人說，很少人真正認識自己的父母，因為在兒女眼裡，父母就是父母，但我希望在你眼裡的我不只是一個母親，我希望你也認識身為作家的我、喜歡旅行和藝術的我、喜歡唱歌跳舞的我、愛運動、愛嘗試不同事物，也熱愛著生命的我。

這是我二十幾歲的最後一個生日，最後一次只有兩個人的生日，因為再兩個月，你即將正式加入我們的生活。如此特別，如此值得紀念呢，我頂著三十二周的大肚子踏上聖多里尼島，親愛的寶寶，你也聞到希臘的空氣了嗎？鹹鹹地、藍藍地，閃閃發亮。

第三十四周

2023．10．05

親愛的寶寶，一如往常，我和你爸爸一起煮了晚餐。

有時候我們在餐桌上吃，有時候，有點邪惡又快樂的，邊看電視邊吃。像這樣平凡安全的生活，感覺真好，好到令我害怕，害怕好景不常。為什麼人在快樂的時候總擔心幸福會輕易消失，悲傷的時候卻深信自己永遠不會好起來？我捲曲在床邊顫抖，背對著你的爸爸、我的先生，忘了他也束手無策，忘了他也是第一次當父親。

這些日子以來，我意識到他同樣承受著不小的壓力。每個人都問我好不好，鮮少有人關心過即將成為爸爸的他，好不好？當疼痛湧上心頭、害怕籠罩四周、自我懷疑在腦海盤旋時，他總是在我的身邊，從未讓我感到孤獨。親愛的寶寶，爸爸是我們的堅強後盾，風雨中的避風港，一直陪伴著我度過每一個艱難的時刻。

此時此刻，擁抱著我的焦慮不安，我不禁想，年少時總渴望乘風破浪，以為人生就是要做大事，做大夢，然而現在，等著你來的日子，才懂了平凡的浪漫，懂了歲月靜好是什麼意思，平平安安地，日復一日，即是千金難買的奢侈。

第三十六周

2023．10．20

親愛的寶寶，你已經在肚子裡長得好大。

今天我們去了第三十六周產檢，助產師說你姿勢良好，頭下腳上，再過一陣子就會入盆，入盆之後我會覺得輕鬆許多，因為胎位下降，不再頂到我的胃，肺部和心臟都會騰出更多空間，胃口也會變得比較好。

懷孕真是一段奇幻旅程，原本熟悉的身體一百八十度大轉變。重心改變，狀態改變，膚色改變，食量改變，喜愛的食物也改變。

你爸爸從紐約買了兩大包繽紛樂回來，是那種只有美國會販賣的派對歡樂包，裡面是單顆包裝的巧克力。每天起床我就吃兩顆，心情好時也吃兩顆，心情不好吃五顆。一大包裡頭有五十顆，兩大包都是由我，不假他手，靠自己的力量吃完的。然後，我就被你爸爸禁止吃巧克力了。

每一次產檢都能聽到你強而有力的心臟，蹦茲蹦茲蹦地跳，我和你爸爸依偎在一起，喃喃著你一定是個健康強壯的寶寶。有一段時間我擔心你會不會長得太大，會不會生不出來。助產師一邊安慰我，一邊安排我做妊娠糖尿病篩檢。她請我不要吃太多甜的，還小心翼翼地問：

「妳會不會，吃很多米？」

我向你爸爸抱怨。這是歧視嗎？是因為覺得亞洲人都吃很多米嗎？我是不是該回問她是不是都吃很多麵包呢？或是很多馬鈴薯？

雖然有點搞笑，但產檢體驗大致都很良好，你爸爸說他感覺因為這區沒有什麼亞洲人，助產師診所對我特別關注。

「那個擔心東擔心西的亞洲媽媽嗎？」我自嘲。

「那個在診間哭了的亞洲媽媽。」你爸爸回答。

我瞪了他一眼。沒錯，上次我在助產師面前淚灑滿屋，真是丟臉。

由於接近預產期，在預約產檢的安排上，診所希望我和四位助產師都見過面，因此那天是第一次見面的安。安的氣質很酷，一頭銀色的齊耳短髮，散發著冷豔沉著的寧靜，很像宮崎駿電影中會出現的美魔女。

我提到對於生產的擔憂，她酷酷地問我：「哪一個環節最讓妳擔心？」

這種直搗核心的問話方式，讓我的心門一打開，眼淚直接潰堤。

我好擔心啊！我好擔心我的骨盆底肌從此再也回不去年輕時的彈性活力，我好擔心小孩生不出來，我也擔心生出來了之後要面臨些什麼，我擔心我不再是我了，我擔心吃全餐，擔心肚皮鬆弛，擔心產後永遠無法恢復成以前的樣子。

當然，面對這麼酷的安，我也是遇酷則酷的。即便眼淚已經落下，但我成功粉飾了崩潰的內心，淡淡地說：「嗯，有點擔心生產的未知。」

安看了我一眼，側身在電腦系統裡打了些筆記。

「擔心是正常的。」

「妳可以和卡琳談談，她可以教你運用呼吸和冥想找回平靜。」

卡琳是另外一位最近才見面的助產師，是診所裡最年輕的一位，外表是典型荷蘭女生的樣子，身高一百八，一雙非常有存在感的大長腿，金髮，剛從峇里島的瑜伽靜修中心回來，講話時不時搭配深呼吸，並且輕輕閉上眼睛。

我開始想，荷蘭人總是這麼平靜的原因，是否因為他們接受所有情緒的存在，所有情緒都是正常的。安並沒有對我說「不用擔心」，這種看似安慰的話，實質上是在否定對方的感受吧？

雖然有些尷尬，但我心中那如壓力鍋快爆炸的情緒輪，好像也因為我能夠坦誠面對，而讓壓力有了出口，離開我的心臟，不再阻塞。雖然事情並沒有改變，但因為被接受，就已經感到輕鬆了許多。

「我猜她在電腦上註記妳哭了。」你爸爸說。

「現在所有助產師都知道了。」

愛哭鬼，我就是愛哭鬼，又怎麼樣呢。我接受自己所有的情緒，它們都是正常的存在。親愛的寶寶，你也感受得到我的情緒吧？大部分的孕期，我的情緒都不穩定，我沒辦法說自己是一個快樂的孕婦，我有很多快樂的時候，但也有過很激烈的負面情緒，我總是會對你說：「It's okay, we are gonna be okay.」

沒事的，沒事的，一切都會好的。

第三十八周

2023・10・31

親愛的寶寶，三十八周。

阿姆斯特丹的天空灰沉沉的，風雨交加。一整個禮拜的雨水讓城市溼漉漉的，後院鋪滿了金黃色溼潤的落葉。那棵大樹從五月初我們搬入時青翠欲滴，如今換上秋裝，準備迎接寒冷的冬季。我踏著溼滑的磚路走去瑜伽教室。

三十八周，已經足月，這個時刻，你的手腳與所有器官都已經發展成熟了。現在你在肚子裡的首要任務就是負責長肥肥，準備迎接與這個世界相見的時刻。走著走著，我不禁想，這會不會是最後一次去上孕婦瑜伽呢？

常常聽朋友分享，在台灣大家都會量頭圍、量體重，小心翼翼地觀察胎兒的進度，頭圍太大或體重提前達標的，都會推薦催生，足月後醫生也會問要不要催生。

但我們在荷蘭，一切崇尚自然，同時非常神祕。每次產檢都是量量血壓，聽聽你的心跳聲，助產師會用雙手摸摸我的肚子，隔空探測你的姿勢與位置。然後用皮尺量量肚子頂點到恥骨的長度，大概是判讀你的尺寸吧。

記得二十幾周時你稍微大了一點，進入三十周之後反而恢復成平均值。每每問起你的頭圍和體重，助產師們總說：

「不用擔心，大象會生出大象寶寶，長頸鹿會生長頸鹿寶寶，妳的寶寶會是剛剛好適合被妳生出來的寶寶。」

我們開始討論生產計畫，在這兒不到四十一周是不會催生的。胎盤到四十二周會開始退化，但在那之前，這裡的人傾向等待寶寶自然啟動產程。

親愛的寶寶，生產是我與你的第一次合作，你已經在我肚子裡住了這麼久，我們應該已經很有默契了吧？

我的計畫是不打無痛，水中生產，另一方面也考慮去醫院打嗎啡減痛。為了迎接你到來的那一天，我已經在腦海裡演練了千百次，雖然再多次也可能和現實狀況完全不一樣，但我總是往好的方面想。

正常的生活起居變成一場耐力挑戰賽，無法蹲下繫鞋帶，晚上睡不著，還時常感到腰痠背痛。

有好幾天我哀嚎著躺在地上，下背疼痛得難以忍受，嘗試了各種伸展姿勢都於事無補。最後在你爸爸的按摩下，終於感覺好一些，緩緩地睡著。

過幾天後，下背的疼痛消失了，像魔法一樣，突然就不痛了。懷孕讓我發現人生一切都是過程，會來，會走，會難受，會好起來……就這樣我帶著球繼續生活。

三十八周的肚子，我已經覺得整個人像頂著一顆球。住在球裡的你呀，希望你吃好睡好。今天孕婦瑜伽的瑜伽老師換了一個人，因為原本的老師去生孩子了。倒也不是只有孕婦可以教孕婦瑜伽，只是就這麼剛剛好。這裡的每個人都很推薦瑜伽，持續的運動，等待你的到來。

第三十九周

2023．11．13

親愛的寶寶，昨天我們都夢到你。

我夢到我把你生出來，過程非常輕鬆快速，你是一個天使寶寶。

之前還有一次我同樣夢到你出生了，但是夢中的你好小好小。我把你輕輕放到我的乳頭旁，盼你開始吸吮，但你像一顆豌豆般那麼小，一不小心我弄掉了你，在地上周圍都遍尋不著，著急地醒來。還好只是夢。

你的爸爸也夢過你，而且是在我之前，那是我們在日本滑雪的時候，你還只是一個小小的胚囊，連心跳都還沒有。他夢到你是一個男孩，一個平靜有智慧的小寶寶。我笑說哪有人會用平靜有智慧來形容嬰兒，但你爸爸堅持，夢中的你一臉愉悅輕鬆地看著他，彷佛在告訴多愁又多慮的他「Don't worry, be happy」。

懷孕前期很多人都以為我懷了女生，當滿滿的藍色彩帶從氣球中噴出來，你爸爸他卻早就知道了，你早就來拜訪過了。

真奇妙，真的是你嗎？

我和你爸爸分享，聽說小孩開始會講話之後，可以講出胎內記憶，沒想到他昨天就夢到和你聊天。他說夢中的你剛出生，有一雙和媽媽一樣的大眼睛，可愛極了，是個帥哥，他抱著你，雖然是小嬰兒，卻有著很酷又穩重的氣息。

他問你：「在媽媽肚子裡的感覺怎麼樣？」

你說：「肚子裡很溫暖，可以感受到外面，但不需要做什麼事，大概就像在冥想。」

很有趣吧？親愛的寶寶，我們昨天都夢到你。

我迫不及待想見到你本人，想和你聊天，陪你長大，一起做很多很多事。

預產日

2023．11．15

只有百分之十的寶寶會在預產日當天來報到。

親愛的寶寶，但我還是非常期待，會不會就是今天？

每一件小事都讓我大驚小怪：看到內褲溼溼的，是不是羊水破了？肚子有點感覺，剛剛那個是陣痛嗎？我既放鬆又緊張，等待著你的到來。

其實我從兩個禮拜前就開始等了，大家都說三十八周後就算是完全成熟的寶寶，但親愛的你決定住好住滿。

此時此刻的我像一隻大鯨魚，躺在床上翻身都像鯨魚躍出水面掀起驚濤駭浪，使盡全身的力氣，彷彿轉了一個地球這麼遠，才從左邊翻身到右邊。

啊，好累。

但他們說，你出生之後只會更累，可是我好像已經準備好進入下一個階段了。

我像一個烤箱，烤烤烤，香噴噴的麵包，香氣四溢，噠噠噠噠地，指針愈來愈接近，親戚朋友們盯著烤箱那橘黃暖暖的燈光，引頸期盼地等待著「叮」的那一聲，等待著小麵包出爐。

我的小麵包呀，今天我們決定去吃「福祿」，阿姆斯特丹最好吃的四川料理。聽說做月子時不能吃辣，既然今天你還沒有要來，我就先去大吃特吃。

每當想著你在子宮裡一定很舒服，我就很放心，一點也不急，喜歡就多住一會兒吧；然而下一秒我又想，該退房了，小伙子，再這樣下去要收房租了。

今天沒有下雨，道路仍舊微微地潮溼，冬天的夜色很暗很暗，街上掛著的燈因此顯得格外閃耀。我們搭電車出門，點了烤魚、夫妻肺片、宮保雞丁，餐廳客人絡繹不絕，我得小心不要用肚子撞到別人的桌子。每一步，都是甜蜜的倒數。

親愛的寶寶，你就要來到這個世界了，你會看見光，感受到微風，感受到太陽灑在皮膚上的溫度，雨水落下的溼潤，這是一個五彩繽紛的世界呀。有高山與大海，充滿了悲歡離合，有人笑著哭，有人哭著笑，有時候很難，有時候幸福快樂，也不排除遍體鱗傷。

這樣的世界呀，你就要來了。

生產

2023·11·19

凌晨四點，我的子宮開始收縮，這一次我知道是真的了。經歷了整整三天的假性宮縮，我很清楚感受到這次不一樣。

從床上坐起來，我開始計時，搖醒一旁熟睡的準爸爸，兩個人都興奮不已。產程開始了，親愛的寶寶，我們要迎接你來到這個世界上了。

第一步：打電話給助產師。

康妮很快地接起電話，一如往常的冷靜沉著，表示會在三十分鐘內抵達我們家。

陣痛的感覺如浪潮般襲來，好在潮起有潮落。每當陣痛來臨，可以感覺到一股能量的累積，在腹部深處愈來愈緊、愈來愈強烈，達到頂峰後，溫柔又緩慢地褪去。

這股能量是肌肉在準備寶寶，把寶寶擠到正確的位置，也是提醒：小寶貝呀，我們要去見爸媽囉。想起以後，我不再感覺害怕，沒有任何的不安，只專注眼前，身體與寶寶的第一次合作，一定會合作無間的。

我滿懷期待，同時相當感激，懷孕九個月，肚子大得像企鵝，路都快走不動，終於要卸貨了。

康妮在預計的時間抵達，請我在沙發上平躺，內診確認，已經開了一指。那一刻，我與你爸爸，還有助產師康妮，堅定且慎重地向彼此點點頭，接受挑戰，要平安順利地把你生出來。

「三個小時後再打給我」，康妮說。

有別於台灣有產兆就自己去醫院，甚至可以挑選時間催生，在荷蘭我學會臣服，因為凡事都由不得我，助產師決定什麼時候出發，不能預定醫院，非醫療因素也不得安排剖腹。曾經有朋友找不到可以去的醫院，必須開車前往三十分鐘遠的隔壁城鎮，到了之後沒有空的產房，還得忍著痛待在等待室中，最後是丈夫在醫院走廊大發雷霆，才終於要到了產房。

康妮離開時天色還是暗的，據說百分之九十五的產程都會在凌晨啟動，因為那是我們最放鬆的時刻。然而，光是啟動沒有用，最好還要全程保持放鬆，因為人一旦緊張害怕就會開始分泌腎上腺素，可是腎上腺素是催產素的敵人，彼此不共存，互不相見，沒有了催產素，產程就可能延遲。

我倆決定回去補眠，黑暗中依偎在床上，已經好幾晚沒睡好了，疲憊昏睡中隱隱約約地感受著宮縮的規律與持續。我深深地呼吸，在每一次的肌肉收縮達到高峰時告訴自己專注，呼吸。

就這樣，身體穩穩地，沉沉地放鬆著，半夢半醒之間，啵的一聲，羊水破了。

我發誓我真的聽到了聲音，像一顆水球一樣，嘩啦嘩啦地流出，毫不掩飾，毫不害羞。我從床上彈起來，瞬間慶幸保潔墊是防水的，同時竊笑自己這幾天的疑神疑鬼，還以為內褲有些溼溼的就有可能是破水。

只過了兩個小時，但我還是馬上打給康妮，告訴她羊水破了，她再度趕來。

這時宮縮的力道增強許多，每一次的波段頂峰幾乎像刺激到腦部般尖銳，令人難以忍受。康妮要我平躺在沙發上，好幫我內診看看開指的進度。我像一條鹹魚般翻來覆去無法安定，陣痛愈來愈頻繁，看似最不費力的平躺變成一個最難維持的姿勢。

一陣強烈的宮縮，我從沙發上翻滾到地上，吐了出來，還好胃是空的，怎麼吐都只是水。

「五公分」，相當於兩指半，康妮說。

「我們可以出發了，要去生產中心還是醫院？」

雖然萬事不由己，但要在哪裡生，要用什麼樣的減痛方法，選擇倒是很多。

生產中心沒有醫生，由助產師負責接生，物理止痛，可以吸笑氣，也有浴缸可以水中生產，通常布置成舒適昏暗的房間，仿造家的放鬆感；醫院可使用藥物止痛，到了醫院就會由醫生接手接生；除此之外，荷蘭也有很多人選擇在家生產。

原本我想去生產中心，因為害怕既定印象中的「醫院」，又白又亮的日光燈管、刺鼻的藥物與消毒水味、人來人往的忙碌與吵雜、此起彼落令人心慌的儀器聲，這一切在我眼中都不利於生產，與我理想的環境背道而馳。

但此時此刻，已經趴在地上吐的我更害怕去了生產中心之後改變心意，想使用藥物減痛。我決定去醫院，打嗎啡。

很幸運地，離我們家最近的醫院有空房，康妮開車載我們前往，一路上我仍然得專注著呼吸，才能不讓自己被疼痛駕馭成為靈魂散落滿地的瘋婆子。

迷濛間，我們抵達了 OVLG WEST，這一帶最大的醫院，大廳空無一人，完全不像我以前認知的醫院車水馬龍的樣子，非常寧靜。

你爸爸替我推來了輪椅，很快地穿過電梯、走廊，來到產房安頓了下來。

這比我想像得還要快速且平靜。早上十點，產房的窗簾闔攏，只開了昏暗的小燈，你爸爸記得我的叮嚀，特地在一面牆掛上了我們從家裡帶來的氣氛燈，用 BOSE 無線喇叭播放冥想音樂，還從家裡帶來了我的枕頭，在一切能力範圍內可做的，把這個房間布置得舒適放鬆。

醫生是一個說起話來令人感到專業又安心的年輕女生，她向我解釋接下來要做的事情，告訴我可以選擇打無痛分娩或是嗎啡，上過五周產前先修班的我早已選好了。接著我躺在床上，頂著一個大大的肚子，讓他們替我綁上胎兒心跳監測器，一切都很溫柔，很安靜。

我沒有意識到產房裡所有儀器都小聲到幾乎是靜音的狀態，只有舒服的冥想音樂，我握著嗎啡劑量的按鈕，漸漸地睡著又醒來。你爸爸在產床的左側握著我的手，和我一起睡著。

接著我被一股強烈的便意叫醒，我告訴護士我可能想排便，她說也許是來到產程的第二階段了，我說，不，我真的想，大便。

回想起來，這也許是整個生產過程中最難熬的一個篇章。這時的宮縮既強烈，間隔時間又短。不同於打無痛分娩，打嗎啡可以下床走動，也仍然感覺得到疼痛。走路去洗手間時，每當陣痛來襲，我就待在原地不動，像玩一二三木頭人般幽默。從產床到洗手間的距離大約十步，我花了十分鐘才走到。

在馬桶上又是另一個故事，好想大便，激烈宮縮，感覺整個人的腹部經歷著無比複雜又強烈的神經交錯。好不容易，真的擠出了幾條，雖然滿頭大汗，但我大鬆一口氣，現在擠出來，總比待會和你一起出來好。

醫院的醫生和護理師都非常懂得撫慰人心，不停告訴我說一切都是正常的，即使小嬰兒出世的瞬間和一些屎尿混在一起，也不用擔心。

下午三點，我告訴醫生我有「推」的感覺了。她們停掉了嗎啡，我的思緒變得清晰，腹部往下推的力量愈來愈強烈，醫生教我怎麼呼吸。就是現在，經過了十一個小時，生產的最後一個階段開始了。

醫生要我在宮縮來臨時閉氣，把氣往下推，肌肉的感受很強烈，我感覺臉紅脖子粗，好像在舉很重的槓鈴，我甚至忍不住大叫。場面和我想像的溫柔優雅完全不一樣，當你的頭來到門口時，就得開始減緩你出來的速度，這時我們改變呼吸方式，像狗狗般喘氣，以此減緩肌肉的力道。

沒想到連控制速度都非常難，我感受到整個腹部都想用力向下推，那是一種很自然、毫不費力的用力。著冠的感覺是火燒般的炙熱，要緩緩地把肌肉撐開，讓一個小生命從產道中順利出生。

我的生產團隊像我遇過最團結一心的啦啦隊，她們喊著我的名字，說：

「Mika！加油！」

「Mika！快要成功了！妳可以的！」

頭出來了，她們說，再用力最後一下。

一、二、三、Push！

原來頭過身就過是這個意思呀。

親愛的寶寶，我感覺你從我的身體中滑出來，那一瞬間，這個世界上多了一個寶貝，因為你，我們成為了母親與父親。

生產團隊把你放在我胸口，剛出生一秒鐘，還血淋淋，溫溫熱熱，聞起來像內臟的你。同時專業迅速地擦去你身上的液體，把你包裹在毛毯中確保溫暖。

肌膚之親，他們說這是無價之寶，讓剛出生的嬰兒躺在母親身上，感受母親的溫度、氣味與心跳，會讓寶寶感到安全，知道來到這個世界上不是孤單單的一個人。

我們都哭了，感動得淚如雨下。

我從來沒想過成為母親是什麼感覺，整個孕期都緊張不安得不得了。我害怕我做不好，害怕到曾經想逃跑。但這一刻，擁你在懷中的這一刻，你水腫的小臉臉和一雙還看不清楚的瞇瞇眼貼在我的胸前，這世界已經沒有什麼其他更重要的了。也許是大量的催產素在作祟，這一刻我知道我已經深深地愛著你，我知道從今以後，我的首要任務就是保護你，陪你長大。

醫護人員靜靜地收拾、替我縫合，一切好像一場夢。他們請你爸爸脫掉上衣，換他和你肌膚接觸，我喜歡在荷蘭這裡人們平等地對待父職與母職的態度。

你出生時沒有像電影裡那樣哇哇大哭，而是哇了一聲，然後安靜地躺在我懷裡，你自然地尋乳，一切都是這麼跟隨著大自然天性地發生。

康妮雖然交接給醫生，仍在最後一刻趕回來，參與了寶寶的出生。

我看過很多生產故事，大部分都讓我愈看愈害怕，但我很滿意我們共同寫下的這一章。即使過程是激烈的，我卻從未感覺如此有力量，從未認知到身為女性，我們的身體是這麼的神聖。我的內心感到全然地平靜、和諧，彷彿三生三世受過的傷，都被療癒了。

這是我生命中最美好的一天。

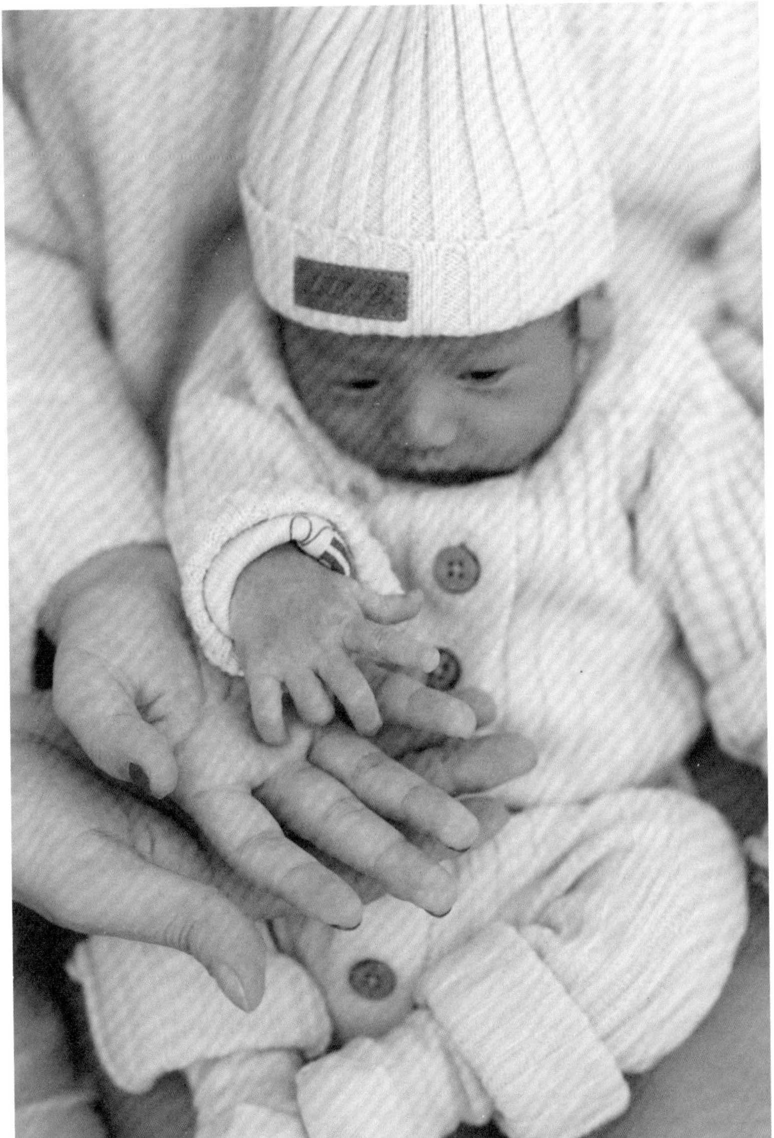

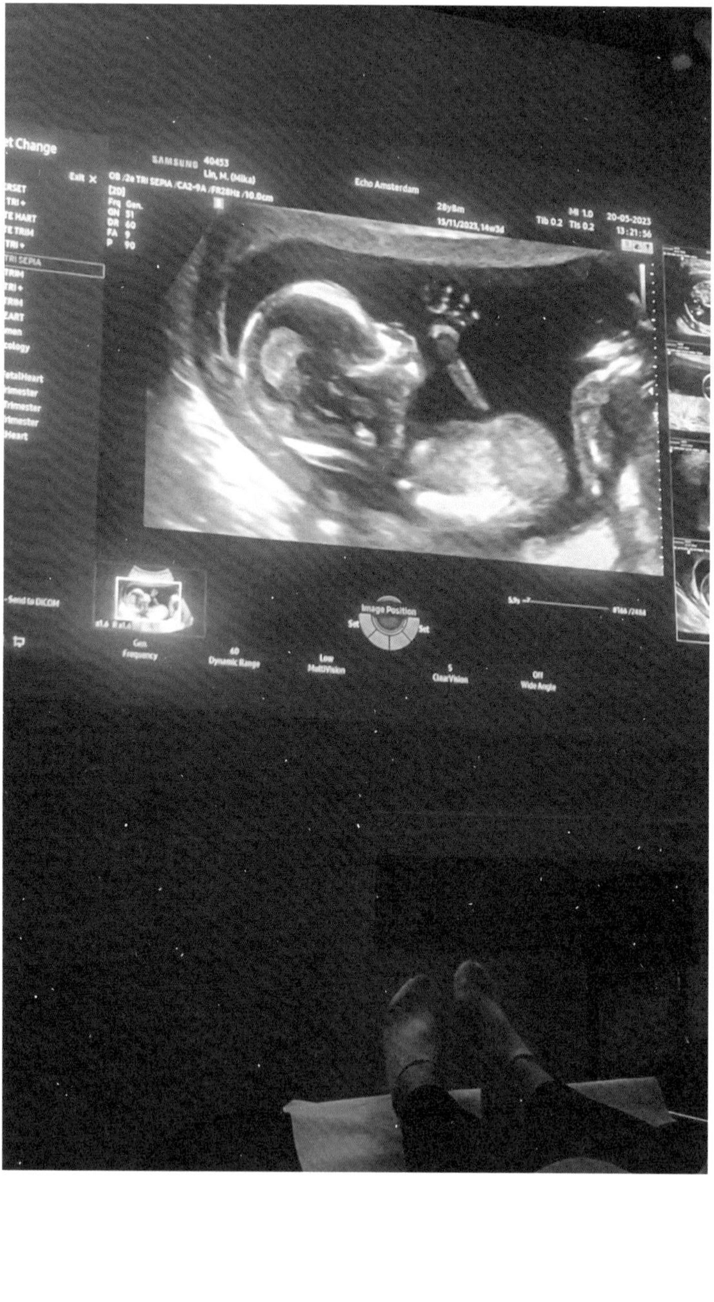

SAMSUNG
Echo Amsterdam
20-05-2023
13:21:56
Image Position
Send to DICOM
Frequency
Dynamic Range
MultiVision
ClearVision
Wide Angle

Canon

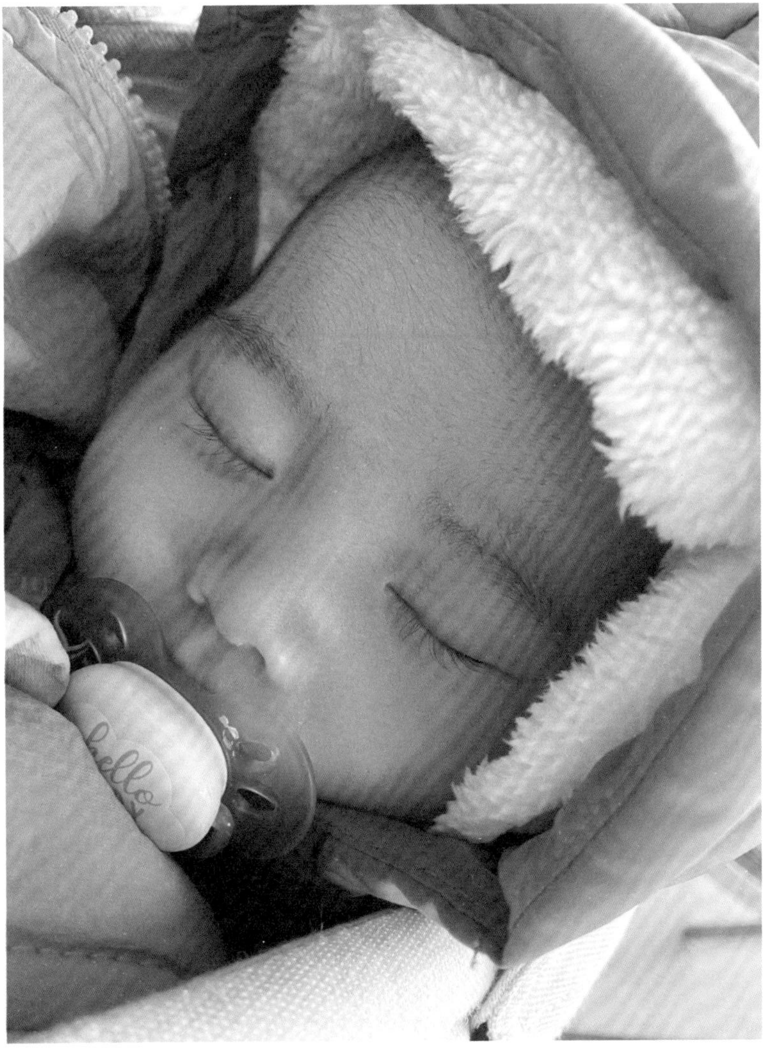
hello

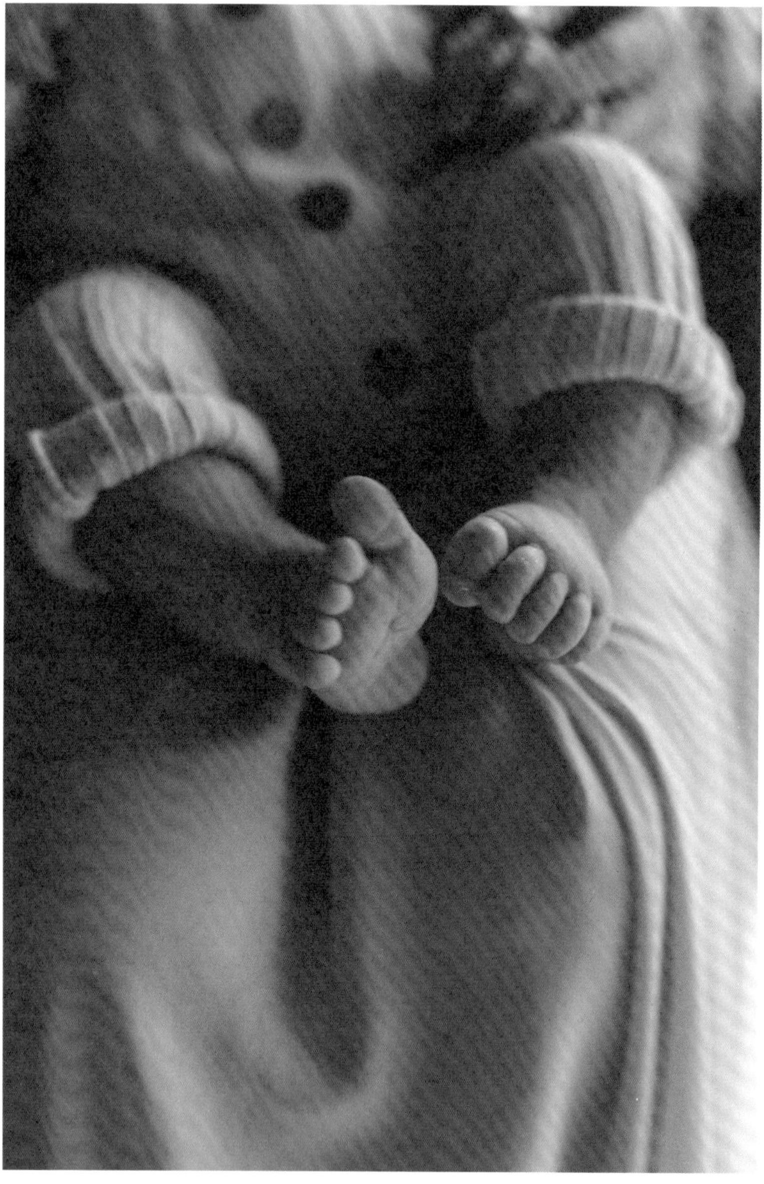

第〇天

2023·11·19

親愛的西米露，如今回想起來很幸運，待產與生產都在同一間寬敞的單人房，同一張床上，醫院還附贈餐點，雖然是給產婦的，但我根本沒有食欲，都是你爸爸吃了。

產程展開時天還暗著，出發去醫院時天亮了，我依稀記得自己瞇著眼，對突如其來的日光感到刺眼，我專注著呼吸，好撐過車程中強烈的宮縮。醫院房間掛著我們從家裡帶來的串燈，如繁星點點，窗簾全程緊閉，保持房間的昏暗。

再次回過神來，天又黑了，而我們從兩個人，成為三個人。

你出生之後，醫護人員很迅速地整理環境，把房間留給我們，讓我們沉浸於這迎接新生命的魔幻時刻。

護理師問我要不要吃點或喝點什麼，我賊賊地問「有可樂加冰塊嗎？」，她不疑有他地點頭，隨後送來。我坐躺在產床上，剛剛經歷如此激烈的人生大事，我覺得我真值得這冰涼的氣泡飲料做為獎勵。

醫院也送來 Beschuit met muisjes，一種上面撒了藍色與白色茴香糖粒的餅乾，是荷蘭慶祝新生兒到來的傳統，如果是女生就會灑粉紅色，回家後我們也會準備，給來探望寶寶的朋友吃。

我們吃著點心聊著天，慶祝這一刻。生產先修班的老師特別提過，荷蘭很重視寶寶出生的黃金一小時，所有人都會離開，把空間與時間留給新手爸媽與新生命。也提到先不要急著拍照傳給家人或上傳社群媒體，先好好感受這一刻，好好連結，因為這一刻是如此親密，如此緊密，如此不可替代，也如此稍縱即逝。

一個小時後，醫生進來替你做檢查，她說你是個強壯寶寶，雙腿都非常有力。這個我早就知道了，從你在我肚子裡的時候，我就感覺你是個頭好壯壯的寶貝。醫生替你穿上我們準備的衣服，戴了帽子，保暖很重要，荷蘭十一月的冷空氣可不能開玩笑呢。

下午四點出生，七點我們已經開始打包，準備回家。

醫護人員攙扶著我去沖洗，剛生產完的感覺很奇妙，有點腿軟，有點虛弱，卻因為旺盛的腎上腺素而同時清醒無比，彷彿剛剛結束激烈運動。嘩啦嘩啦順著水流下的血，換來懷中溫溫熱熱一個呼吸著的小生物。

你穿的藍色寶寶套裝是你爸爸去英國出差時買回來的，衣服在你身上顯得很大，你的小手手和小腳腳都被包在裡面，我們輕輕地把你放入汽車安全座椅提籃，帶你回家。

街道上安安靜靜地，你來到世界的第一晚，這一晚如你般輕飄飄地，像一場夢。回到老西區的公寓，我驚訝自己竟然能輕易地走上樓梯。荷蘭沒有做月子的習俗，但有專業的寶寶照護員會來家裡七天，觀察寶寶的健康，教我們如何幫你洗澡等等的基本寶寶知識。因為今天是星期天，照護員明天才會來，這一晚，只有我們。

我和你爸爸戰戰兢兢地把你放進嬰兒床，你閉著眼睛，好似睡著，又好似不安穩地發出細小的聲音。這一切都很陌生吧，從溫暖的子宮一下子來到這偌大的空間，還得靠自己呼吸，原本被包裹著緊緊的，現在卻變得毫無邊界。我知道，我知道，這並不容易適應。

充滿感動又手足無措的第一晚，我們把枕頭換到床的另一邊，為了離你近一點。我已經忘了是怎麼睡著的，依稀只記得你爸爸一直起來確認你是否仍在呼吸，就這樣天漸漸亮了，我把你抱到大床上，自己窩在床邊一角，就這樣，我們依偎在一起，沉沉地睡去。

第四天

2023・11・23

親愛的西米露，生產完隔日，也就是前天，第一次傳你的照片給親朋好友，所有人的第一句問候都是「出院了嗎」。出了，生完兩個小時後就出了。

大家嚇一大跳，我也是。自然產後除了馬上就可以下床去洗澡，還可以走樓梯上樓回家呢。不過還好，只有一層樓要爬。老實說，雙腳踩上樓梯那一瞬間，身體的力量令我驚豔不已。

華人文化把生小孩看作是一場損耗，元氣大傷；荷蘭視生產為女性與生俱來的能力，天生就會，不需要擔心，生完也沒什麼大不了的，除了不要提重物，六周後再開始運動，多躺著休息之外，百無禁忌。

有人說西方人體質不一樣，我畢竟流著亞洲的血，沒有月子中心，便請了你奶奶來幫我做月子。感謝時代的進步，網路就能直接買到按照產後時程調配好的中藥包、養生茶。

我是如此幸運，你奶奶一手好手藝，餐餐都是不一樣的美味，還細心地將菜分成兩份，一份正常口味，一份特別清淡，每餐都有好喝的補湯。她聽說薑可以補身體，甚至把薑切成細末，讓不吃薑的我神不知鬼不覺地吃了下去。

家有新生兒，真的太需要幫手了，光父母兩個人是絕對不可能的。我與你爸爸只需要在照顧你和睡覺之間循環，其他洗衣煮飯的大小家事，你奶奶都包辦了。更棒的是，她從來不碎碎念，非常尊重我們的做事方式與選擇，不會「寶寶會不會冷了熱了餓了倦了不開心了」。用餐時間你哭了，她總是第一個站起來，「你們吃，我來！」

不確定是不是因為養生茶和補湯特別有用，我的惡露排得很快很乾淨，水腫也恢復得很快。今天助產師來探訪，我看著晴朗的天空問能不能出去散步？她們說只要我感覺舒服，可以去走走。

於是，我興奮地穿上外出服，套上早就買好卻還沒機會穿的雪靴，淺褐色的長大衣，即使外面的氣溫只有三度，仍然迫不及待地想出去走走。

你來到這個世界的第四天，我們第一次一起去公園散步。我小小步地走，感受到骨盆底肌的無力，空氣雖然冰涼，卻很清新舒適。十一月的凡德爾公園，地上滿是金黃色落葉，空蕩蕩的樹梢，仍然有鳥兒飛翔跳躍其中，訴說著歲月靜好的日常。

你躺在睡籃裡，小小的臉，瞇瞇的雙眼，身上穿著太大件的泰迪熊裝，再裹了一層小棉被。

我們只走了一會兒便打道回府。我累了，好容易累，曾經能背著十五公斤背包走上聖母峰基地營的我，現在在公園走十分鐘就累了。還好，公園離我們的家不過幾分鐘的步行距離。

看似平凡無奇的散步，成了我們獨一無二的回憶，第一次以一家三口的身分出門。

西米露，這是媽媽的閨蜜幫你想的名字，因為我是米，爸爸是路，你是西米露。

親愛的西米露，你喜歡今天的公園之旅嗎？以後，我們還會一起去很多地方，還請多多指教了呢。

第五天

2023・11・25

親愛的米露，我有時候會在網路上的媽媽討論區看到，說母嬰同室是一種處罰，但現在的我倒是相當享受，很感激能夠和我的寶寶二十四小時在一起。

可能是荷爾蒙作祟的護崽心態，我一刻都不想要你離開我的視線。

只有親身經歷過才知道，媽媽在產程當中與生產過後這段時間的心理是多麼敏感脆弱。

我真希望這些能被納入國民義務教育或是產前必修學程，要求所有人對產後媽媽表現出最同理、最溫柔的一面，沒辦法的話就閉嘴，不要有任何意見，聽媽媽的就對了。千萬不要回嘴，千萬不要唱反調，不允許任何一點點的責怪。

如果產後媽媽表達情緒，千萬不可以說「妳想太多了」，否則會讓她特別挫折，很想殺人，而且這仇，可以記一輩子。

請相信我，產後媽媽的心靈很脆弱，這是真的。

在荷蘭，產後照護員的工作是觀察寶寶，助產師也會來探訪。助產師的責任是關心媽媽的身心健康與餵奶狀況，照護員則會來家裡八天，一天三小時，依照家庭的需求可以申請更久的時間。

這天來了一位新的照護員，稱她為阿莎吧，阿莎年紀稍長，可以當你阿嬤那種。阿莎講話的頻率我聽不太懂，一大早起床，聽得我頭痛。她量了量你的體重，說「他都吃不夠」，要你爸爸去買一罐配方奶回來搭配著喝，否則體重掉太多了。

吃不夠嗎？原來這幾天，你都在挨餓嗎？

餵母乳真的是一份全職工作，這幾天每到了餵奶時間，你爸爸就會把你抱過來，讓我靠著哺乳枕，舒舒服服地餵，我也相當享受這樣親密的時光。寶寶含乳的感覺很奇妙，沒有人教，卻一生下來就懂得吸吮。

生產前我上了一小時的泌乳課，學習如何確認寶寶的位置正確，如何讓寶寶離開乳頭而不拉扯到。以前我很害怕破皮受傷的疼痛，上課後才知道，有正確的知識和方法，親餵是一件如此自然的事。

助產師來探訪時，有時會兩人一組，她們坐在地毯上告訴我，一開始奶量比較少是正常的，請我不用擔心，持續地餵，奶量會追上來的。助產師也提醒我這幾天會脹奶，讓我學到新的英文單字「engorgement」，脹奶可能會疼痛，會不舒服，但往好處想，這代表奶量來了。處理辦法？讓寶寶吸上來就對了。

我相當感謝這些溫柔的提醒，讓我可以不急不慌地面對母奶這個全新的人生議題。

而阿莎，阿莎打亂了我的陣腳。

因為她的話，我一陣悲從中來，是我讓你挨餓了，你這麼小，都吃不夠。

我偷偷地拭淚，一旁的助產師聽到後告訴我，你沒有挨餓，剛出生的第一個禮拜掉體重是正常的，加一點配方奶沒有問題，但如果不加，也沒有關係。

你爸爸摟著我說，阿莎太不會說話了，她不應該這樣表達。

我的小小墜落，被溫柔地接住，輕輕地放下。

那天晚上，你爸爸打電話給照護員服務中心，請中心幫我們換掉阿莎。幸好，產前做家庭探訪時就有提到，由於照護員會來家裡和我們相處，所以我們的感受很重要，有任何不喜歡、不舒服，請不用猶豫，馬上打電話請他們換人。

我們照做了。產後媽媽的脆弱，容不下一絲負能量。再也不用見到阿莎，真是太好了。

第十天

2023・11・30

親愛的露，我們將故事重寫。

我的母親沒有我幸運，就像我沒有你幸運。我出生時，我的父親不在場，我的母親一個人在冰冷冷的醫院，沒有鮮花沒有慶祝，一個人在異地，沒有興奮的家人與朋友圍繞，就連她的丈夫，孩子的爸，都不在。

光寫下這段話就令我眼眶泛紅。

據說，剖腹產要劃開八層組織才能將寶寶取出，恢復期的傷口更是疼痛難耐，連起身離開床都是挑戰。身體的修復、荷爾蒙的變化，在一個女人如此脆弱的時候，那個應該讓她依靠的男人卻不在，該是多麼入骨的寂寞與失望。

有句話說，女人會永遠記得懷孕時丈夫怎麼對待自己，我認為不只是懷孕時，還有生產時、生產後。

孕期被分為三個階段，第一孕期是〇到十二周，第二孕期是十二周到二十四周，第三孕期是二十四周後到孩子出生。很多人認為，生小孩這件事在小孩生出來那一刻就結束了，其實還有到了近代才獲得重視的「第四孕期」，指的是孩子出生後的十二周，也就是頭三個月。在這三個月，產婦不是一般人，而是需要好好休息、修復、被照顧，照顧寶寶的同時，更要照顧好自己。

我的母親如此無助、如此孤單地度過了身體和心靈都殘破不堪的第四孕期，比起電影般迎接新生兒的喜悅，她心中更多的是悲傷與怨懟。她說，最後，剛出生的我在醫院待了一個月，因為她不知道怎麼照顧我，家裡也沒人照顧我。

正因如此，我懷孕時，她也對我說：「當媽媽很辛苦喔。」

很苦很苦喔。

後來我才明白，我的母親說的苦不是普世大眾的苦，而是她親身經歷的苦。

我害怕了，含著眼淚對你爸爸訴說，而他對我說：「妳要知道，妳不是妳媽，我不是妳爸。我們是完全不同的人，生活在截然不同的時空背景。」

「我不會讓妳一個人經歷任何事情。」

親愛的寶貝，這是為什麼我說，我沒有你幸運，我的爸爸在我的生命中若有似無，而你有世界上最好的爸爸。

從知道你的存在的那一刻，他就已經準備好了，準備好迎接你，準備好參與你的成長，準備好為了你毫無懸念地放棄其他事情，準備好不缺席任何一個重要時刻。在你還沒出生以前，他就已經深深愛著你了。

懷孕時我做了很多功課，吸收了許多以前從來不感興趣的資訊。我第一次聽聞「生產創傷」，對一個母親而言，在生產時經歷驚嚇、壓力、恐懼，都足以造成生產創傷，而這樣的創傷有機率成為產後創傷壓力症候群。

對於另一邊的嬰兒來說，有一派說法稱剖腹生產是「創傷出生」，因為違反自然生產的節奏，在毫無準備與徵兆的狀況下被突然地取出，上一秒還在溫暖又黑暗的子宮裡，下一秒就暴露在又白又亮的日光燈管下，來到又冰又冷的世界。他們說，這樣來到世界的嬰兒是受到驚嚇的，所以荷蘭與許多歐洲國家都崇尚自然產，鼓勵自然產，緊急狀況或有醫療需求才會剖腹。當然，母子均安是最大的前提。

我和我的母親，前後兩者都經歷了。我的母親在創傷中生產，我在創傷中出生；

我的母親在最脆弱的第四孕期滿載著委屈與怨懟，初來乍到的我獨自在醫院的嬰兒室延續這份孤單。

而你，親愛的西米露，你的到來療癒了這一切。

我們的第一次合作，由你啟動的同心協力，你爸爸握著我的手，在一波又一波的宮縮中，感受著你一點一點地靠近這個世界。

醫生說你在整個產程中的心跳都非常穩健，我好驕傲。

第一次擁你在懷中那一刻，我更加確定，你是上帝派來的天使。你讓我了解到生命的純粹，即使才剛來到這個世界，你已經展現出渾然天成的堅毅與獨樹一格。

你的出生是我聽過最美好的生產故事，我擁有的比我所渴望的還要更多。溫柔的燈、溫柔的生產團隊、順利的生產過程、冥想音樂、我摯愛的丈夫、你的父親，當然還有最重要的，健康的孩子。

親愛的米露，我們重寫了故事，這一次，沒有人孤孤單單。

你的到來，讓我們每個人，都成為了幸運的那一個。

第二十一天

2023・12・10

親愛的露，餵母乳這件事，懷孕時的我怎麼想都覺得很彆扭。

如何讓一個小人類吸吮在自己的奶頭上呢？

我的身體怎麼會變成食物的來源？

我竟然可以用我的乳房維持一個生命運作之所需？不需要花錢？不需要去超市買？

千頭萬緒的疑惑與情緒，找不到出口。

我的母親沒有餵母乳，身邊有小孩的朋友不多，沒有太多經驗可以和我分享，因此我對母奶的認知來自網路上驚世駭俗的文章討論。

「奶頭破皮流血」、「石頭奶痛到哭出來」、「奶頭變得又細又長再也回不去」、「生小孩不痛，脹奶才痛！」等等聳動的標題，愈看我愈心驚膽顫，前方究竟是什麼在等我……

如同產前先修班，市面上也有各式各樣的泌乳先修課程可以上，我最後選擇了做月子藥包組合贈送的免費線上課程。

泌乳師溫柔地教導我哺乳的姿勢，有基本的抱姿、躺餵，還有進階版如橄欖球抱餵，適合在一般抱姿累了時增加變化性使用。我低著頭認真做筆記，像個準備考試的學生專心畫重點，努力學習著。

剛生完你那幾天，我的乳量是少而珍貴，看到其他人分享說隨便擠都有一大袋，還因為喝不完而煩惱，看著自己集奶罐裡勉強觸碰到二十毫升量線的母乳，忍不住感覺自己有些失敗。

但是，除了些微的挫折感，在荷蘭幾乎沒聽說過「奶量不夠」而放棄哺乳的問題。我後來發現，這是因為他們很有耐心，第一周不夠沒關係，繼續餵，第二周奶量還沒上來，沒關係，讓寶寶多多吸吮，刺激分泌。

你爸爸為了讓我有充足的休息，自願值夜班。他把你帶到客廳，一個人睡在瑜伽墊上，半夜起來餵你喝配方奶，讓我一覺睡到天亮，希望我睡飽了，之後你也可以母奶吃到飽。

直到第三周，我感覺我們終於達到了供需平衡，要不是助產師每次拜訪時的鼓勵和加油打氣，我可能早早就氣餒，等不到這天的來臨了。

意外地，我非常享受親餵的時光。

每當你餓了，張著嘴彷彿靠著味道與直覺在尋乳，依偎在我的懷裡，如此自然地含乳，吸吮，就是屬於我們的親密時光。我盯著你的臉頰，聽得見你吞嚥的聲音，咕嚕咕嚕，覺得你根本就是奧運金牌吸乳小天才，沒有人教你，卻天生就會。

哺乳時，我感受到我的身體正在發生一些事情，乳腺受到召喚開始運輸工作，同時也觸發子宮的收縮。聽聞哺乳可以幫助產後瘦身，我自然抱著這個念頭樂此不疲。

奶醉的你，也不確定到底吃飽沒，沉沉地熟睡了，怎麼樣都叫不醒，讓媽媽我的心完全融化。好可愛啊，我在心中大叫，故作鎮定。

根據助產師的建議，這時可以搖搖你，捏捏你的小手小腳，告訴你現在是吃飯時間，等等再睡。

有時候時間還沒到，你卻哇哇大叫，你爸爸說你餓了，我著急地探看時鐘，可是時間還沒到啊！

後來我才明白，新生兒是沒有在按表操課的，時間是大人的世界才有的概念。就像白天與黑夜，對你來說，無足輕重。

每天晚上，你每兩三個小時就醒來一次，而我側身躺著，將左乳或右乳靠近你的面前，你緊閉著雙眼，雙手握拳，輕輕地放在臉頰兩側，專注地咕嚕咕嚕，彷彿正在經歷世間上最棒的事。

曾經我以為，對我而言睡眠就是最重要的事，天下沒有任何人事物能夠剝奪我的睡眠品質與時間，現在想起來，那自我主義的強勢宣言，已然成為天邊一朵浮雲，誰都別再提起……

一個月

2023·12·19

親愛的西米露，這一個月以來，只有這首歌可以將我的心情娓娓道來。

I could stay awake just to hear you breathing
我可以徹夜未眠 只願細數你的氣息
Watch you smile while you are sleeping
凝視你帶著笑容的睡顏
While you're far away and dreaming
在你沉入遙遠的夢鄉之際
I could spend my life in this sweet surrender
我願此生都臣服於這甜蜜的負擔之中

I could stay lost in this moment forever
迷失在這片刻永恆間
Every moment spent with you is a moment I treasure
與你共度的每一刻都彌足珍貴
Don't wanna close my eyes
我不願閉上雙眼
I don't wanna fall asleep
我不想就此入睡
'Cause I'd miss you, baby
因為我將會錯過此刻的你
And I don't wanna miss a thing
而我不想錯過這一切
'Cause even when I dream of you
縱使能在夢中與你相遇

The sweetest dream would never do

但再甜美的夢

I'd still miss you, baby

也無法取代真實的你

And I don't wanna miss a thing

我一絲一毫也不願意錯過

Lying close to you feeling your heart beating

依偎在你身旁　緊貼著你心跳的搏動

And I'm wondering what you're dreaming

好奇著你墜入何種夢境

Wondering if it's me you're seeing

思索著我是否也在你的夢中

Then I kiss your eyes

於是我輕吻你的雙眼

And thank God we're together

並感謝命運讓我們相遇

And I just wanna stay with you in this moment forever

而我此刻只願與你相守相依

Forever and ever

從現在直到永遠

自從你出生的那一刻開始，我的大腦完全泡在催產素裡。

每天醒來，看著你仍水腫的小瞇瞇眼，像個小外星人一樣打哈欠，有時候你打噴嚏，有時候打不出來。你爸爸用盡各種方式安撫你，最後發現你很喜歡《巧克力冒險工廠》的 Oompa Loompa Song。想來逗趣，因為這時候的你，膚色也有點橘橘的。

十二月的荷蘭陰雨綿綿，又冷又溼，日照極短，大概早上八、九點才天亮，下午三、四點就天黑了，而我在這間亮著昏黃吊燈的小公寓裡，覺得自己是世界上最幸福的人。縫合的傷口，母乳的脹痛，每三小時起床一次的夜晚，統統顯得微不足道。

以前的我總想像生小孩是世界上最剝削的事，把我們女人的身體當什麼，鬆垮的肚皮、下垂的奶、妊娠紋、黑色素沉澱等，光聽就很嚇人的變化，憑什麼？

現在的我挺著剛生完還是像懷孕五個月的肚子，覺得無所畏懼，覺得值得。原來，我曾經害怕的「變形」，是指離開社會審美標準裡所謂美的模樣。

但，誰在乎呀？女人的身體本來就是千變萬化、各種形狀的。紋路是創造生命的禮物，大自然裡也充滿了各式各樣的紋路，沒有人會嫌棄樹皮太粗糙，為什麼女人的皮膚就得是光滑的呢？

我的寶貝呀，自從你出生之後，我才學會放過自己，不再執著腿粗不粗，腰有沒有肉，毛孔細不細。每當看著你，看著我的身體做了一件這麼厲害、這麼酷的事，生出一個這麼美好的你，我就想給自己一個大擁抱，說聲：「幹得好！」

產後修復慢慢來就好，肚皮那厚厚的不知道從哪來也不知道會往哪去的肉，慢慢來就好。我們花了十個月把肚子撐得大大的，請器官都先移到旁邊去，孕育出一個生命，現在當然需要時間慢慢歸位。

你小小的臉，小小的鼻子和小小的嘴巴，我看著看著，著了迷，就像「史密斯飛船」唱的，看著你熟睡的模樣，捨不得睡，捨不得閉上眼錯過眼前你的臉龐，深怕一覺醒來就錯過了一切，再甜美的夢都無法彌補此時此刻。

我是不是瘋了，明明好累，卻忍不住還想多看你幾眼，撐著沉重的眼皮，細數你的呼吸。

所有人都說新生兒是最辛苦的時期，我想是沒錯，但他們沒說的是，新生兒時期的親密，是如此地甜蜜。

我選擇全心全意地活在當下，不想別的，只專注照顧眼前你這剛來到世界的小生命，放棄一天三餐的規律，將正常作息拋到腦後，陪著你不分晝夜。我們的生活，隨著你哇哇哇的哭聲翩然起舞。這場宴會，屬於你，我，和你爸爸，是三個人的獨家派對。

沒有人告訴我們該怎麼做，沒有月子中心的護理師在我們累了時把你推回去嬰兒室，但有時我慶幸沒有人告訴我們要怎麼做，所以我們有餘裕用自己的方式觀察你的需求，找出你的步調。每每，我們總以為抓到節奏了，你就又改變了，幾乎每一個星期你都長大一點，都變得不太一樣。

後來我學會了，照顧小嬰兒就是要放寬心，寶寶想睡就睡，想吃就吃，而非按表操課，父母最重要的任務就是給予你需要的。

能夠在此刻做一個全心全意的母親，能夠撐著一瞇眼就會睡著的疲累多看一眼你熟睡的側臉，我很是幸福與感激。

一個月又六天

2023.12.25

親愛的西米露，這是你的第一個聖誕節。

你剛滿月沒多久，今年我們沒有去聖誕市集，但一家人都在一起，替你換上聖誕裝，去住家旁邊的凡德爾公園散步。

經過了一個月，現在你的臉肥嘟嘟的，不再有剛出生時的尖下巴。俗話說小孩一眠大一吋是真的，每天睡醒都覺得你長大了，也和昨晚長得不太一樣。你仍然瞇著眼，仍然看不太清楚這個世界，但我總相信你對周圍的感受超越了人類雙眼能見，即使現階段的種種不會保存在你的回憶裡，但我相信你接收到的愛或冷漠、信任或不安，深刻入骨。

今天你的奶奶做了聖誕大餐。她一大早就去排隊領取早就訂好的火雞，塞進香草和其他餡料，放入烤箱烘烤。我穿上紅色毛衣與聖誕襪，小小的公寓放不下聖誕樹，我買了一棵迷你樹裝飾在餐桌上，掛上聖誕燈，節慶氣氛相當到位。

以往在台灣時，聖誕節是和朋友或另一半相聚的藉口，但在歐洲，聖誕節是神聖的家庭日，就像農曆春節一樣，家家戶戶團聚在一起，只是一個給錢，一個給放在聖誕樹下的禮物。

我們說好今年不準備禮物，還是不約而同買了小東西給對方。

我以你的名義送給你奶奶一條圍裙，上面寫著荷蘭文「世界上最棒的阿嬤」，也以你的名義送了你爸爸一雙襪子，上面寫著「超級爸爸」，他非常喜歡。我則收到了你奶奶送的一盤眼影，你爸爸送的一盤水彩與畫冊組合。

你爸爸說：「我知道妳想重拾畫筆，希望妳喜歡這個禮物。」

親愛的寶貝，我想做的事情很多很多，但此時此刻，我只想和你爸爸一起抱著戴聖誕帽的你，在我們十幾坪的小公寓裡跳舞，左腳，右腳，往前走，轉兩圈。

我聽說過太多家庭的悲劇，如今有機會撰寫自己的故事，我會用盡全力寫出也許不完美，但總是溫柔，回味無窮的篇章。

我們的第一個聖誕節，聖誕快樂，我的寶貝。

一個月又十二天

2024·01·01

親愛的西米露，我想讓你知道，人生永遠不會有準備好的時候，只有不斷地學習。而為了不斷地學習，我們必須不斷地嘗試，不斷前進。前進，是唯一的路。讀再多書，旅行再多國家，賺再多錢，擁有再多人生經歷，增長再多年歲，都無法讓我準備好當媽媽，只有成為了你的母親之後，我才一步一步，慢慢地，踉蹌地，學會這一切是怎麼一回事。

懷孕九個月，我一直等著卸貨，等著把你生出來之後，我就又會是原本的我。我迫不及待想恢復「原本的生活」，想和從前一樣穿上緊身衣緊身褲，又酷又炫地瀟灑走天涯。

我甚至在獲得你爸爸的同意後，和朋友約好了今年三月要去非洲潛水看鯨魚。決定的那一瞬間，我覺得自己是世界上最酷的人。對呀，媽媽還是要有自己的生活吧，大家快看，我還是我，一點都沒有被寶寶束縛唷。

我反覆盤算著，三月時你就四個月大了，已經是個大寶寶了吧，離開你五、六天應該不是什麼大事吧。我都已經照顧你這麼久了，放個假只是平衡而已。

我一直一直以為，你出生之後，我就可以變回從前的我。

事實是，從前的我，在你出生那一刻就成了歷史，現在的我，是成為母親的我，Mika 2.0。

現在的我，決定留下來和你在一起，決定比起一個人去看鯨魚，留下來餵你喝奶和幫你換尿布，是此時此刻更重要的事。

我從未想過我會有這一天，並不是放棄自我或無私付出，沒有這麼偉大，而是純粹的，愛你，放你在第一順位。純粹發現鯨魚好像不會因為我現在去看了牠而有什麼改變，然而你，我的小寶寶，你是如此需要我，在這個初來乍到的陌生世界裡，唯一唯二熟悉的氣味。

我的優先順序改變了，這一刻來得如此突然，我從來沒有演練或準備過，它就發生了，我成為了可以把孩子的需求放在自己之前的母親；我學會了我並不需要變回原本的自己，過上原本的日子，而是，擁抱新的自己，擁抱新的生活。

這樣的改變是如此的脆弱。過去我總認為，「自我」是最重要的，現在我才知道，人生可以有比自我更重要的事情，那就是你。為了你而暫時放下外面的一切不是無用，而是 Right thing to do。

親愛的寶貝呀，今天是新年的第一天，也是我當媽媽的第一年，我變了，變得不再那麼在意他人的眼光了，不再那麼想證明些什麼了。我不再渴望急著去做「很酷」的事情以獲得掌聲或認可。我變得願意放慢腳步，相信過程。

在鏡子中，我看見一個少了些堅硬的稜稜角角，更圓潤，也更溫柔的自己。我很驕傲。我不再需要東奔西跑地尋找生命的意義，因為我已親身經歷生命的意義，你就是宇宙送來，最珍貴的寶貝。

一個月又二十天

2024．01．09

親愛的西米露，快要當媽媽了我才知道，原來育兒還分派系。親密育兒？百歲育兒？人人都有一套自己的理論，一不小心說錯了話，大家可都要急得跳腳。還有人說，育兒是婚姻中的真正挑戰，教育理念不合、育兒觀念差異造成的衝突，可不比回答你到底愛不愛我來得容易。

身為處女座媽媽，懷孕後期我最常做的事情就是躺在浴缸裡，感受水而失去重量的身體輕飄飄地，溫溫暖暖地，拿著 iPad 把網路上的育兒影片一部又一部地看。

原來，我們的大腦如何運作，人生前三年就大致定調了。在最依賴的嬰兒時期，照顧者給予的回應將影響寶寶這一輩子對世界的信任。在孩子生命的最初這段時間，一定要給予穩定的情感輸出，以建立安全型依附關係，這樣的信任一旦建立起來，孩子一生都有安全感，知道離開的人會回來，情感可以馬上恢復。若照顧者不懂得滿足嬰兒的需求，不只是生理，還有心理，孩子可能發展出焦慮型或是逃避型依附關係，焦慮型人格，長大後將嚴重影響情感關係的建立。

我可以說得這麼頭頭是道，是因為我深深研究過了，媽媽我就是嚴重焦慮型依戀，只要另一半過馬路時沒有牽我的手，有一部分的我就覺得：「慘了，這段感情結束了。」

這些焦慮、沒安全感的症頭為我帶來不少麻煩，還好遇見了安全型的你爸爸。只能說他很有耐心，我也努力著，慢慢往有能力內建安全感的康莊大道邁進。

我沒辦法決定自己的嬰兒時光如何度過，沒辦法吸著奶嘴生氣地站起來，指著四周的大人說「你們錯了！都錯了！」。誰知道，也許站起來了只會發現四周根本沒有人呢。

但，我可以決定給予你怎樣的照顧。

等著你到來的倒數日子裡，我的日常行程就是躺在熱水重新加了三次的浴缸內，在等待成為母親的同時試著充實自己。看影片之外，我也讀了很多書，從別人的生產經驗中讀到如何與青少年對話，建立充滿愛的家。

你爸爸呢，不知道從哪裡得來的資訊，聽說新生兒前三個月特別需要緊密的愛與照顧，否則會在潛意識中造成情感創傷。他立下誓言，絕對不讓你受傷。我也不追究此消息來源是否千真萬確，只要我們站在同一艘船上就好。

因此，當有些家庭喬不攏寶寶哭時到底要不要抱？哭多久才抱？要抱多久？我們家卻變成，寶寶一哭，人人搶著抱大會。

在我，你爸爸和你奶奶三個大人輪流照顧一個寶寶的合作之下，我的初為人母經驗不算太狼狽。每當你哭了，一定有人會衝去抱，雖然你不一定會馬上不哭，但我算過，你從來沒有孤單哭泣超過三十秒鐘。

有時候你爸爸會緊張地說「沒有太遲吧？」，懊惱著「我剛好從洗手間出來才聽到西米露在哭」、「天啊，應該沒有因此留下永久的情感創傷吧？」

抱好抱滿，是我們共同信奉的家規。

每當你哭了，我就緊緊地把你擁在懷裡，該搖來搖去，該走來走去，該唱歌，該蹲馬步，我都做。

並不是我特別有耐心，只是這個過程好像也療癒了小時候總是被罵「愛哭」的我自己。

沒關係喔，寶寶慢慢來，不用擔心，哭哭是可以的喔，有我在，我在這陪著你呢。

兩個月又二十天

2024・02・08

除夕夜，我們沒有回台灣，邀請了朋友來家裡包水餃。

親愛的西米露，今年是龍年，你穿著太大的紅色恐龍裝慶祝，因為一時買不到中華文化中的飛龍，改用背上有黃色三角形背鰭的龍龍連身裝代替，仍是喜氣滿滿。

做媽媽之後，我總是忍不住想像未來，想到下一個龍年你已經十二歲了，不再是襁褓中的嬰兒，可能也不再喜歡聽我唱歌，便是滿心感慨。

你剛出生的頭兩個月，每天晚上九點就開始哭，哭到十一點上床睡覺，那時我們都不知道發生了什麼事，後來才想到，也許你是早早就累了想睡，我卻還一直抱著你搖來搖去，逼你聽我唱歌。

有一天我唱呀唱呀，想到未來某一天你會離開家，搬去某個地方，上大學，談戀愛，也許結婚，組成自己的家庭，眼淚就止不住地不停地流。新手媽媽的淚腺，只需要一點想像力就可以全面啟動。

米露，我是很害怕成為父母的。

沒有小孩的時候，生活可以懶懶地過，與朋友一兩年不見面，變化也不會大到哪裡去。但有了小孩，時間就變得極為重要，在生命的最初，每一個月都有全新的發展，兩個月大的孩子和三個月大的很不一樣，接著開始翻身，開始站起來，開始走路……然後年復一年地長大，每一個階段都獨一無二。這令我害怕，害怕犯錯，害怕恍恍惚惚地錯過。

想想大概是因為，我的父母也錯過了許多我的成長過程吧。

在網路上看到一支影片，標題「父母的出現有多重要」。影片中，一個大約五、六歲的小男孩在學校表演，他走上舞台時有些害羞不安，神情擔憂地四處張望，直到在觀眾群中找到了正在用手機錄影的父母，他瞬間眉開眼笑，宛如充飽了氣的氣球，帶著自信的笑容驕傲昂首。

我也有一張這樣子的照片。

那時我幼稚園中班吧，學校舉行變裝舞會，但我的爸媽沒有幫我準備，直到當天早上，我媽媽很有創意地拿了家裡一些閃閃亮亮的包裝紙，剪一剪，用膠帶黏一黏，做了一套會反光的霹靂辣妹裝，還幫我綁了兩顆丸子頭，搭配白色及膝靴子。

那天我得了最佳造型獎，舞台上主持人問我爸爸媽媽在哪裡？我的肚子像顆充得飽飽的氣球，頭抬得好高好高，右手直直地用力指著前方，用因為門牙掉了而有點漏風的孩子氣聲音大聲地說：「在那邊！」那一個瞬間，我爸爸用相機記錄了下來。那是我的童年記憶倉庫中最快樂的片段，之後，再也沒有其他的了。

這樣的回憶總是又苦又甜，甜是因為它真實存在，苦是因為，如此美好的時光真的好少好少，少到像稀世珍寶。我還看得見那個穿著雷射包裝紙的小女孩，天真地，寶貝地，雙手緊握著那慢慢消逝的光，那時她還不知道，未來有一段長長的路，要孤孤單單地走。

雖然我很愛自由，但如果有小孩，我就會努力當一個負責任的大人。我不願錯過孩子的成長，因為內心深處我清楚地知道，孩子心中的失落感有多深多重。

所以，從知道要成為母親那一刻開始，我心中一直有些緊張，一面期盼著你的成長，一面擔憂著自己得好好跟上才行呀！

總之，除夕夜這一天，五位好友來我們家包水餃。

穿著紅色恐龍裝的你非常乖巧，躺在新生兒躺椅上靜靜地左顧右盼，累了就睡。

除了水餃，你爸爸還煮了一大鍋韓國泡菜鍋，朋友帶來了珍珠奶茶，牆上貼了很洋派的春聯。七個人有十四雙手，包起水餃來，很快就滿滿的一大盤一大盤，我向外國朋友解釋水餃是元寶，很吉祥，很有福氣的意思，就這樣咕嚕咕嚕地吃了好幾顆，然後和剛喝完奶的你一起打個嗝，與朋友們道別，拉下窗簾，結束了我們在荷蘭的第一個除夕夜。

兩個月又二十六天

2024．02．15

親愛的米露，產後身材恢復，有時候感覺比懷孕生產還要艱難。

雖然我早已做好心理準備，還是忍不住被鏡子裡的自己嚇到了。

首先是剛生完你那一星期，回到家興致勃勃地想穿上我特地買來，美麗又舒適的居家服，好傻好天真的我買了以前的尺寸，那褲子是完全拉不上大腿。我只好尷尬地抓抓頭，走回房間換上伸縮彈性極好的舊棉褲。

然後是有一天出門閒晃，在轉角服飾店看到一件可愛的洋裝，我走進更衣室，被自己垂垂的肥贅肉嚇得措手不及。這個人，好像不是我熟悉的樣子。我終於明白了好姐妹曾說的，覺得自己懷孕時比剛生完漂亮許多。當然啦，我們的身體花了這麼久的時間創造一個生命，器官全部移位，增加了體重，增加了好幾寸肚皮，怎麼可能在短時間內恢復成以前的樣子呢？

自己當了媽媽才知道，網路上看到其他人分享，剛生完像沒生過一樣，或者報章雜誌誇獎著哪位女明星產後恢復多快速多神奇，或者批評哪位女明星產後不如既往，成為「大媽樣」。看到各種討論女性身材的言論與注目，都覺得壓力好大。

我提醒著自己，要對自己溫柔一點，慢慢來，肚子不是一天變大的，也不應該期望它一夜平坦。有些人天生纖細，養胎不養肉，那是別人的事，我認識的媽媽朋友們，統統花了九牛二虎之力，很積極努力地運動，並且花了至少一年的時間，才達到自己理想的狀態。

也許我們的社會太過度關注結果，最好是有立即的成效，卻忽略背後的毅力與努力，讓人有時候一發現無法立竿見影，就沮喪得不得了。

我曾經有很嚴重的容貌焦慮，直到現在，肚皮掛著三層肉，回頭看以前的照片，真想從那個年輕女孩的後腦勺巴下去。肚子那麼平、那麼緊實，還有肌肉，卻花了那麼多時間與精力覺得自己不夠好，不夠瘦，不夠美麗。

我厭倦了花費大把大把的青春憎恨自己的身體。現在的我，皮膚有點乾，頭髮很亂，比以前胖了十公斤，卻是我心中最平靜的狀態。

因為我知道，我可以成為任何我想成為的樣子，我可以好好照顧自己，可以努力運動，可以練出馬甲線。最重要的是，我的身體做了一件這麼厲害的事情，我創造了一個新生命，我值得好好休息，我才不要讓社會的奇怪價值觀綁架了我的心情。

成為母親的意外收穫是，我再也不要花一分一秒討厭自己的外貌，焦慮自己對於其他人而言是不是「夠好」，因為在我的寶寶眼中是最好的，這樣就夠了。我唯一需要在乎的是，不讓我的寶寶失望。

慢慢來，不用著急。

兩個月又二十八天

2024．02．17

親愛的西米露，自從你奶奶回台灣後，我和你爸爸聯手二打一的生活正式開始。

我們兩個人都在家工作，互相配合的時間安排變得神聖且重要。我們開啟了照顧你的輪班制度，你爸爸上早班，我是下午班，晚上則是共同責任制。除此之外，我們的共同行事曆塞滿了會議，若不得已占用對方的時間得事先告知，用最良好的態度拜託對方幫忙，最好還附帶一份補償提案。

有時我們帶你一起去餐廳吃飯，有時候我們各自和朋友聚餐。

在荷蘭，外食並非常態，我們發展出一份默契：出門的那個人會外帶一份食物回家，給在家顧小孩的另一個人。我想是這樣不成文的禮尚往來，讓我們的內心感到相當平衡，還有些趣味。

有一次我覺得你爸爸太晚回來，餐廳打烊時間都到了人還沒到家，一股惱怒與孤單的感受湧上心頭，卻在他踏進家門，說「我帶了印度煎餅給妳！」的那一瞬間，所有負面情緒魔法般消失得無影無蹤。

我和朋友去海鮮餐廳吃生蠔、喝白酒，閒話家常到深夜，我外帶了一份烤魚，回家後你爸爸吃得津津有味，絲毫沒有任何我出門太久的怨言。

還有一次，我到朋友家聚會，氣氛正熱絡，看看時間已經十一點多了，便決心當個成熟的大人，打道回府。和友人道別後，在回家的路上我想起，剛剛一屋子裡除了我，全是自由自在的單身女子，難怪在無憂無慮的星期四晚上沒有人需要提早回家。

我掃描了我的感受，是羨慕嗎？是希望自己也可以回到單身的自由嗎？很神奇地，暫時還沒有，現在的我感覺，有人在等自己回家，挺好的。

當然，我在路上買了一份土耳其烤肉。

回到家，你爸爸嘆著氣，說你今天大鬧天宮，我前腳踏出家門，你就開始哭，非常黏，想要抱抱。

「哭了整整兩個小時！」他說。

一邊說，他一邊打開土耳其烤肉的袋子，很快地安靜了下來，屋裡瀰漫著烤肉的香氣和我的丈夫滿足的咀嚼聲。

寫到這，我的確覺得你對我很溫柔。

上個月你爸爸想去看橄欖球比賽，地點在法國里昂，他答應去去就回，搭一大清早的巴士，吃個午餐，看個球賽，再搭夜車回來，旅程總共二十四個小時。

我提心吊膽，不確定該如何獨自照顧兩個月大的小嬰兒。我會崩潰嗎？如果你一直哭，一直需要人抱怎麼辦？如果我太累了，卻得獨自面對該怎麼辦？抱著忐忑的心情，我在天還沒亮的清晨與我的丈夫吻別，展開一個人顧孩子二十四小時的初體驗。

我擔心的一切統統沒有發生。你那天給足了面子，是教科書等級模範天使寶寶。吃飽了就躺在新生兒座椅上乖乖地睡，睡醒了就東張西望，吃飽了再繼續睡。

就這樣，一天來到了夜晚，我準備讓你去睡覺，卻靈機一動想拍個影片，於是把你放進了嬰兒床，對你說「等我一下喔」，想先架個腳架，等等再來哄你睡。

沒想到我架完腳架，不過兩分鐘的時間，你已經安安靜靜睡著了。

好溫柔的寶貝，雖然偶爾會對爸爸大叫兩個小時，我想那是因為，你知道爸爸承受得住吧。

三個月

2024．02．19

親愛的西米露，今天你滿三個月了。

這三個月像一場夢，夢醒的時候，剛好春天也來了。

我時常想自己是多麼地幸運，大家都說荷蘭的冬季令人憂鬱得抓狂，而我搬來的第一個冬季就有你的陪伴。你的到來讓我忘卻窗外看似沒有盡頭的夜色，讓我完全沒有注意到這座城市整整三個月，都在下雨。

我們一家三口的生活像在跳探戈，默契是愈來愈好，雖然偶爾不免踩到對方的腳。

我沾沾自喜地想，養小孩好像也沒有想像那麼辛苦嘛，又同時驚覺，現在只是一開始。

孩子是一輩子的責任，且這一輩子會不斷不斷地進化。不像養電子雞，養得差不多了可以關掉；不像養植物，擁有陽光空氣和水即可；不像養寵物，吃喝拉撒睡玩的周而復始。你會一直長大，醒著的時間愈來愈長，你的需求會一直改變，愈來愈複雜。

這改變速度之快，幾乎每個禮拜都和上個禮拜有點不太一樣。每當我覺得掌握了，上手了，這個節奏我懂了，就又變了。我好像必須非常努力，非常專注，才跟得上你成長的速度，更深怕一不留神就與你的一生擦肩而過。

更別說再長大些，你要去上幼稚園，開始交朋友，開始看卡通，開始選書包，買課本文具，開始有煩惱，開始想和朋友出去玩，開始有最愛的音樂、最愛的電影；我開始向其他父母打聽最好的學區，開始左顧右盼你在學校過得好不好，開始傷腦筋應不應該答應你去同學家過夜，開始一邊走回自己的生活一邊頻頻回首，想確定自己給了你一切你需要的，想保護你好好長大，想要你快樂，想要你幸福。

寫到這我忽然明白了，今生母子一場，便是注定要目送你遠走。

曾經你住在我的身體裡，聽著我的呼吸心跳，一起去每個地方。然後你成為獨立的個體，學會抬頭，學會爬行、走路，不過兩年的時光就會從軟綿綿的小嬰兒變成精力旺盛的小男孩。我們相處的時光從二十四小時形影不離，逐漸減少成每天的晚餐，到周末假日，到逢年過節，到難得一見。

現在你如此安穩地睡在我懷裡，每當你凝視著我的臉，眼中只看見愛，滿滿的渾然天成的愛，不用任何語言，就訴說了我們整個宇宙裡你最愛的世界。

也許未來有一天，你會覺得爸媽真是老古板，也許有一天你不再想在路上牽我的手，也許我們將經歷衝突，我想為你好，你氣我管太多，把自己關在房間內，啊，光是這樣的想像就令我感到心疼。

但是，我好像也只能在每一個有機會的時候，好好努力，好好地愛，好好跟上你成長的腳步。

親愛的寶貝，三個月是一個里程碑，恭喜，我們從第四孕期畢業了。據説三個月後的你，更強壯、更穩定。每一天，你都比昨天更獨立一點。

養大一個孩子真的不容易，要花的錢很多，要煩惱的事更多，心中的牽掛更是永遠放不下。

然而，每當想起生命中每個階段都不再重來，我就無怨無悔。

三個月又六天

2024．02．25

親愛的西米露，等你出生的那幾天，我們放下了手邊所有事情，全神貫注地等待你到來。每一天我都疑神疑鬼，左顧右盼，深怕錯過了產兆。如今回想起來覺得搞笑，怎麼可能錯過。那段時間，我們家來了一個特別的訪客，鄰居的黑貓。

牠有一雙亮晶晶的眼睛，白色的襪子，黑漆麻烏的身體，我們叫牠布萊奇（Blacky）。

上一次見到牠已經時隔六個月，夏天時的院子是社區貓咪們的遊樂場，最常來我們陽台玩耍的有阿橘、喵喵和布萊奇。我們一直懷疑布萊奇是野貓，因為牠指甲很長，而且防備心非常重，不像其他貓咪那樣親人。

我們之所以很久沒有見到牠，是因為有一天你爸爸看到布萊奇在陽台，用食物引誘牠，然後伸手試著將牠抱進家裡。你爸爸手上那條長長的疤訴說了那天兩敗俱傷的結果，那天之後，我們再也沒有見到布萊奇。

一直到你出生的前一個禮拜，牠來敲我們家的門。

不確定是否因為外頭天氣又溼又冷，一打開門，布萊奇直接走進客廳，在軟綿綿的地毯上窩成一圈，睡著了。

我們一家人一頭霧水，但看著牠這麼舒服，也不忍心將牠趕走。

從那之後，布萊奇每天來報到，有時候睡在椅子上，有時候甚至睡在沙發上，還時常打呼。你爸爸的手機裡有一張照片，是我和布萊奇一起躺在沙發上，一人一邊，成為又溼又冷的冬天裡最溫暖的小角落。

我們家開始多了貓飼料、貓罐頭，即使冷空氣四竄，通往後院的門總是開一道小縫，讓布萊奇可以自由來去。有時早上會被牠的敲門聲喚醒，提醒我們早餐時間到了。

曾經非常警戒難以親近的布萊奇，變得可愛撒嬌，會繞著我們的腳轉啊轉。我總說，牠是來陪我們等你出生的。

然後，你出生了。

你決定來到這世界上的那一天，布萊奇也在。

家裡多了一個小寶寶，還多了一隻貓，非常熱鬧。

有一天我們發現，牠有主人，原來布萊奇真正的名字叫做可洛伊。我們有點擔心牠，因為牠似乎不太回家，不確定這算不算正常，或者牠的主人對牠不好。

有一天，我們發現牠的腳受了傷，後來牠不再進屋子，食欲變得不佳，我們準備給牠的食物不再像以前那樣吃光。

又過了幾天後，你爸爸一如往常地在後院找布萊奇。那天下著雨，牠挺著身體斜躺在屋頂一灘積水上，嘴角吐著白沫，一動也不動，看起來非常虛弱。你爸爸說，布萊奇生病了，感覺撐不久了。我很難過，你爸爸是個很敏感的人，他的感覺通常都很正確。

那之後，我們再也沒有見過布萊奇。

我希望牠只是回到屋裡養病，或者去了更好的地方。

我永遠不會忘記我們一起窩在沙發上的日子。

親愛的寶貝，我希望你知道，你還在媽媽肚子裡的時候，有一隻小黑貓，曾經在這個世界上陪著我們，守護著你的到來。

三個月又十天

2024．03．01

親愛的西米露，產後憂鬱是真真實實存在的。

大家都知道，懷孕是一場荷爾蒙雲霄飛車之旅，所有女性都會在這時變得不認識自己，而在生產後三到四個月之間，荷爾蒙將再度經歷劇烈擺盪，產後一飛沖天的催產素這時將回到一般水平，因為寶寶撐過了最脆弱的新生兒時期，但也因此，原本對於當母親的夢幻甜蜜感可能會在此時消失得無影無蹤，只剩下疲憊、黑眼圈、肚子上的贅皮、一直哭的嬰兒，以及怎麼看都不順眼的丈夫。

相較於其他哺乳類動物出生幾個小時後就可以站起來，能跑能跳，人類寶寶實在太脆弱無助了，還哭得那麼大聲，放在野外一定馬上被吃掉。

追根究柢會發現，這是因為人類在演化過程中為了站起來用雙腳行走，骨盆變得很小，同時腦袋變得很大，若讓孩子在母親肚子裡養到足月，骨盆完全不夠空間打開讓寶寶出生。人類為了生存，演化成了「早產」一族，生出來再慢慢養。袋鼠、熊貓，也都是早產的動物。

生物實在太神奇了，大腦在產後會製造大量的化學成分「催產素」，讓照顧者變得多情，變得善感，充滿愛，一顆心揪在一起，只想保護眼前這一坨什麼都不會，眼睛還張不開的小人類。若不是催產素作祟，很難有正常人能夠撐過新生兒時期的混亂與睡眠不足，還覺得一切都很值得吧？

有人以為這是「母性」，這是錯的，研究顯示，只要是花時間與嬰兒相處的「照顧者」，男性的大腦也會產生讓人感到深刻愛與連結的催產素。

總之，荷爾蒙風暴，真真實實地存在。

荷蘭的產前教育把產後憂鬱同樣納入了教材。首先，是所謂的 Baby blue，會發生在產後三天。母親可能會突然感覺「我做了什麼？」，陷入一股低潮，因此產前先修班的老師不斷強調：

「各位在場的男士，請在寶寶出生日那天往後算三天的行事曆上註記，買一束花回家，稱讚老婆，感謝她的付出，然後去洗碗，做家事。」

你的爸爸確實照做了，我手中握著玫瑰花，平安飛過 Baby blue。

我以為一切就此風平浪靜，直到產後第一次月經來，同時我裝了新的避孕器，荷爾蒙的。

我的天啊，我第一次在腦中有想死的念頭，並不是真的想自我了斷或做什麼瘋狂的事情，而是我的腦袋會出現黑暗張狂的思想，宛如一場龍捲風，無情地摧毀所經之處。

這看似沒有盡頭的黑暗源自於有一天你爸爸從洗手間走出來，說「沒有衛生紙了」。

一股怒氣從我頭頂如火山般爆發，「你這什麼態度？」

下一幕，滿頭問號的先生，與躺在床上啜泣的太太。

如此容易爆炸、容易崩潰、容易感到被針對，莫名其妙的精神狀態大概持續了兩個禮拜，或更久，我不太確定。但我非常確定，產後憂鬱需要被重視。

忘了在哪看到，說台灣產後憂鬱的比例是全球最高之一，箇中原因在於產後照顧著重於照顧新生兒，而非母親。所有人都只在乎寶寶，沒有人關心媽媽也是人，剛剛經歷了一件人生大事，並且仍然經歷著鋪天蓋地的未知。

在荷蘭，從寶寶照護員到物理治療師，所有人見到我都會問「妳好嗎？」、「生產過程怎麼樣？」、「恢復得如何？」，即使整個社會都已敞開手臂溫柔接住我，我仍然經歷了一段非常黑暗，難以控制，幾乎不認識自己的憂鬱時光。那時的我會因為一句完全不重要的，現在一點也想不起來的小事和你爸爸大吵，吵完之後沉浸在無限腦補的負面泡泡浴裡，久久無法自拔。

產後憂鬱，真真實實存在。

不要聽信任何人說「妳只是想太多」，請尋求專業人士的幫助，這是很正常的過程，而且它會過去，一切都會愈來愈好。

四個月

2024・03・19

親愛的西米露，今天是你第一次搭飛機。

我們要飛十二個半小時，去地球的另一端，見你的外公外婆、阿公阿嬤、舅公舅婆等等好多好多愛你的人。

這一天的到來，我已經期待了好久好久。本來想帶你回去過年，但是來不及拿到你的護照，沒能讓你在人生的第一個春節與家人團圓，我心中有所虧欠。

但我也和自己和解了，明白人生就是充滿了不完美，並非所有事情都會按照理想進行。不需要太逼迫自己一定要成為某個樣子，在某個特定時間點做某件事情。有時候，順流就好，不必大驚小怪。

原本我是很緊張的，怕家人會失望，但當我在電話中說過年不會回去時，他們只是輕描淡寫地說：「沒關係呀，晚一點回來也沒關係。」

這讓我放下一塊大石頭，是呀，有時候計畫會改變，是沒關係的。

我很期待很期待回台灣，想回去吃好吃的食物，享受方便的生活，騎機車去轉角的便利商店然後不脱安全帽進去買泡麵和啤酒，見見已經將近一年沒有見面的朋友和家人。最重要的是，這是大家第一次見到你。

你爸爸説，在他的青少年時期，幾乎每個暑假都會一個人回台灣，雖然在國外生活，但他心中是個很驕傲的台灣人。我很好奇你會不會一樣，長大了，很喜歡這片土地，喜歡回來玩。

中午起飛的飛機，我們一早帶著三大顆行李箱抵達機場，其中一顆裝著所有你的東西。這是我們第一次以父母的身分旅行，我又是興奮又是忐忑不安，好擔心你在飛機上大哭怎麼辦，另一方面又對你有信心，相信你是一個穩定的寶寶，一定會很順利的。

我們在機場貴賓室吃早餐，你爸爸把你背在胸前，順手地解開揹帶扣環餵你喝奶。我精心計算著時間，一定要在起飛時再餵你一次，有助於耳朵平壓。

今天也是你滿三個月大的日子，這三個月看著你爸爸對你無微不至的照顧與愛，同樣深深療癒了我以往不安的心。

你的到來，果然是一場祝福，一場盛宴，是我在這個世界上所需要的一切。

我訂了人生第一次的商務艙做為給自己的禮物，也是給你爸爸的生日禮物。直到登機他才發現這個驚喜，喜出望外，我感到非常放鬆與舒適。起飛時一切安好，順利讓你喝了奶，安安靜靜地飛上天空。

你非常好奇，東張西望地看著四周。你有一個專屬睡籃，雖然如此，你還是靠在我的身旁，擠著睡了一覺。

因為從荷蘭飛台灣的班機是白天時間飛行，你似乎小睡一會兒後便不想睡了，但我和你爸爸都想睡。缺乏經驗的我們試著共進退，一起照顧你，最後的結果變成我們三個沒人有得睡。抵達台灣時是清晨六點，一家三口都掛著黑眼圈。

親愛的寶貝，離開時你還在我的肚子裡，現在你已經是個會哭會笑會玩耍，頭好壯壯的獨立個體了。

我們回到台灣囉！

四個月又十一天

2024．03．30

親愛的西米露，今天是你第一次見到外婆。

你的外婆是一個外剛內柔，刀子嘴豆腐心的人。她從來沒說過想見你，手機相簿卻滿滿都是和你視訊的截圖；她從來沒說過在乎，卻在你還沒出生時就包了一個大紅包。有時候她不好相處，有時候會說出令人生氣或受傷的話，但她是這個世界上，最希望我們過上好生活的人。

回台灣之後，我們在北部待了幾天，外婆也沒有催促我們趕快回去台南。我和她確認日期，她只回了一個讚的貼圖。外婆的愛總是這麼冷靜，那麼雲淡風輕，看似無所謂，心裡卻是滿山滿谷的愛，排山倒海而來。

停好租來的車子，我和你爸爸推著兩個大行李箱，你穿著夏天的短袖短褲。我幫你擦了擦口水，讓你坐上推車，繫好安全帶，走進大樓。

這一刻，竟有些不真實。

不知道我的母親是不是和我一樣，因為這既熟悉又陌生的重逢而感到脆弱。

當初她不支持我和你爸爸的婚姻，懷孕也是我的父親對她說的。雖然我打算自行告知，還在做心理準備，千交代萬交代我的父親千萬不要洩密，還是被背叛了。

那時候我在荷蘭市政廳，等待領取居留證。

我的母親打電話來：「妳是不是有什麼事要跟我說。」

「有嗎？」

「妳懷孕了？」

「妳怎麼知道？」

「妳爸跟我講的。」

「我就跟他說不要講，我會自己跟妳說。」

是的，我懷孕了，沒有電影般全家人抱在一起尖叫與喜悅的淚水，真實的人生有時候只有無聊的家常對話。

我害怕被罵，害怕被數落。直到電話的另一頭，我的母親溫柔地說：「好好照顧自己，別累到了。要做媽媽的人了，這點應該可以做得到吧。」

即使我現在當了媽媽，手裡抱著三個月大的你，依然沒有辦法想像看著自己的小孩成為父母，自己成為祖父母，是什麼感覺。某種海闊天空的豁然，延續，驕傲與成就感？

外婆沒有說，卻在我們打開家門那一刻展露無遺。

「西米露！！！！」她穿著居家服從沙發上跳起來。

外婆閃爍的眼神像是小女孩第一次見到毛茸茸的小熊一樣，又著迷，又不知所措，心中想著，可以抱嗎？

你爸爸熟練地把你從推車中撈起來，遞過去。她尷尬地轉著身體，深怕手臂擺錯了位置。

「太久沒抱小嬰兒了啦」，她嚷嚷，擁著你的雙手卻從此沒有放開過。

我們在房間整理行李，回頭看到平時總是氣場銳利，時而咄咄逼人的我的母親，在沙發上用全宇宙最溫柔的口氣和你說話。

「嘟嘟嘟，哈囉，哈囉小貝比。」

「你好呀，我是外婆，哈囉西米露。」

曾經，我悲觀地以為一個生命的誕生是悲慘世界的序曲，失去自我，把屎把尿。如今我明白過來，才不是呢，一個生命的誕生是新的希望，是看待世界全新的眼光與視角。一個生命的誕生，為一個家帶來如晨曦薄霧般的光，明亮卻不刺眼，溫暖卻不炙熱，柔柔軟軟，春暖花開。

原本我也是個刻薄的人，討厭跑來跑去的吵鬧小孩，斜眼看待公共場合哭鬧的陌生嬰兒，我變了，一百八十度絕地大反轉的改變。吵鬧的小孩是父母的教導不周，哭鬧的嬰兒則是身不由己，我總是想盡一份力，隔著空氣對他們笑一笑，逗一逗。

我的母親也變了，她成了外婆，有了一個孫子，多了一個身分，多了一個家人，心中多了一份牽掛與柔軟，這個世界突然多了一份五彩繽紛。

住在台南的時光，成了最舒服的日子。每天早上醒來就把你送去外婆手上，然後繼續睡回籠覺。外婆抱著你看電視，我說你不能看，她便把你反著抱。到了喝奶時間，外婆總是積極爭取，「我來吧。」吃飯時間你想要人抱，外婆也是搶第一。

她時不時地試探：「還是把西米露留在這，你們自己回荷蘭？會捨不得嗎？」

珍惜著與你的相處時間，她總是二話不說地幫我們照顧你。

每天下午我會和你爸爸一起去健身房，畢竟產後還有好幾公斤的肉要剷，運動完我們就去吃牛肉湯，每天吃一間不一樣的，再如美食家般交叉點評。有時候我們去游泳，帶著筆電去咖啡廳工作，騎著機車在台南晃來晃去，感覺好像又成了青少年。晚上我們還去逛夜市，吃狀元糕、東山鴨頭和蔥油餅，喝西瓜汁。

有媽的孩子，真的像個寶。

五個月

2024・04・12

親愛的西米露，因為你，我才成為母親。

但我沒想過的是，我不只成了母親，還成了一個有條有理，早睡早起，乾脆俐落的人。

以前的我總是熬夜，作息不正常，晚上不肯睡，早上起不來，上課總是遲到，凡事拖拖拉拉，忘東忘西。

這也是為什麼在你出生之前我焦慮得不得了。這樣丟三落四的我，怎麼照顧一個小寶寶呢？幸好，我的強項就是很懂得既來之則安之，換句話說，叫做「臣服」。臣服於新的角色之中，既然要做，就無怨言地把它做好。

印度靈性大師薩古魯說「你不快樂，是因為你不心甘情願」，是呀，任何不舒服的感覺，都是因為非自願，因為我不想要經歷某件事情，所以當它發生時，我不快樂。例如，我不想經歷火車誤點，所以火車誤點時我不快樂。

當新手父母為了嬰兒大哭不止而心煩意亂，是因為他們的意識在說：「我不想經歷嬰兒大哭不止，為什麼我在這裡，我不快樂。」若能轉念，變成自願當父母，而當父母的其中一部分就是聽嬰兒大哭，就能把非自願的拉扯，轉變成為順其自然地臣服。

因為臣服，我變成了一個相當心甘情願的人，因為心甘情願，一切都變得容易許多。

半夜你哭了，我就起來，該餵奶，該換尿布，即使是剛換了又馬上聽到生動的便聲，毫無怨言。你滿三個月前，幾乎每兩、三個小時我就得起床，那時候還在餵母乳，只有我一個人能承擔這份責任。我覺得很奇妙，因為我從來沒有想像過自己可以這樣毫不拖泥帶水地在每一個深夜裡起床，好幾次。還好大部分的時候你都很給面子，喝完奶就睡回去。

以前出門，忘記帶東西是家常便飯，生了你之後，出門要帶的東西可多了，但我反而變得更加俐落，娃娃車、背帶、玩具、溼紙巾、尿布、手帕、奶嘴、奶瓶、奶粉和熱水瓶，一樣都不會少，還會帶備用衣服。我整個人脫胎換骨，準備得得心應手。

以前也時常擔心有了小孩出門很不方便，但回台灣期間，我和你爸爸合作無間，汽車座椅，抱小孩，收推車，拿嬰兒包……抱你上下車的步驟像一場雙人舞，我與你爸爸左腳向前二三、右腳往後二三，原本以為繁雜惱人的步驟，成了愛的小步舞曲，搭配你的無辜笑顏綻放出永恆。

開始餵奶粉之後，我和你爸爸輪流「值夜班」。與我不同，他很累的時候容易脾氣不好，這幾天他生病了又鼻子過敏，睡不好。你剛開始會翻身，有時候不小心翻過來了翻不回去，只好絕望地哭；有時候喝完了一瓶牛奶還想繼續喝，不會說話的你也只好絕望地哭。那一天，他在夜裡對你有不耐煩的口氣，我很在意。

隔天我約他座談，我說你是個小嬰兒，你聽不懂他的要求，但你可以感受到他的負面情緒，負面情緒不會讓你變得聽話，只會對你有負面影響。我請他注意一下，不要再這樣。

過了一會兒，他突然跑來我身邊說：「我剛剛對西米露道歉了。」

他懊惱地抓抓頭，「有時候我半夜真的很累，不像妳能夠果斷地起床。」「妳做得比我好多了。」

我聽到你爸爸向四個月大的你誠心致歉，心中噗哧一笑，他是這麼溫柔的一個男孩呀。

「你也已經做得很好了。」我說。

親愛的西米露，因為有你，他才成為爸爸。他和我一樣，什麼都不懂，都在一步一步地摸索。很多時候，他比我更加心甘情願。明明懷孕的是我，他卻同時開始滴酒不沾，聚會時一起點零酒精飲品，一起上產前先修班，還有每一次的產檢。

你出生以後，我問他會不會懷念從前的兩人時光，他總是笑一笑然後望著你說：「你看他，你看，這麼完美，這麼可愛，我有什麼好懷念過去的呢。」

也許我比較能夠心平氣和地值夜班，但你爸爸，是如此真心享受著每一個有你的時光，這份情感使我變得柔軟。當你在餐廳哭了，他總是第一個站起來哄你、餵你；走在街上，他總是扛著你的推車上下樓梯，毫無怨言；有一次在車上，後座的你便便了，停下車，坐在你旁邊的我已經捲起袖子，你爸爸卻從駕駛座下來，繞了一圈把你抱到前座換尿布。看著他當爸爸，是一件很療癒的事情。

我想，成為父母，讓我們都成了更好的人。

五個月又二十二天

2024 · 05 · 11

親愛的西米露，今天我在抽屜找到一封信，是產前先修班的老師在最後一堂課結束時給的。

她說，覺得照顧新生兒的生活很艱難的時候，請打開這封信。

那是一封新生兒給父母的信。

親愛的爸爸媽媽，

請把這封信放在一個我不在的地方，當日子變得困難，或者當你心情不好時，可以把這封信一讀再讀。

首先，請不要對我這個小嬰兒，或者對身為新手爸媽的你們有太多的期待。請給我們雙方六星期的時間，請把這六個禮拜的時間當成送給我的生日禮物，讓我用這段時間好好地長大，發展，成熟，變得更加穩定以及可預期。也讓你們用這段時間好好休息，好好修復。

那，以下是這段時間，我想要你們知道的事：

請在我餓的時候餵我，不需要按表操課。我在媽咪的子宮裡時，從來不曾感受到飢餓，來到這個世界之後，時間對我來說仍是模糊的概念。

請擁我，抱我，親親我，撫摸我，揉揉我，靠近我。我在媽咪的子宮裡時，總是被緊緊地抱住，從來沒有單獨一個人過。

請原諒我的哭聲。請記得，我不是來摧毀你人生的小怪物，如果我一直哭，是因為那是我唯一能夠用來溝通的方式，請包容我一下下，等我長大一點，會愈來愈好，我會開始有其他的反應，我會花更多的時間社交，更少時間哭泣。

請花一點時間認識我，觀察我與你的不同，以及我可以為你帶來什麼。用心觀察，你會發現我喜歡什麼，什麼可以讓我感到安心與舒適。

請明白我的韌性，我可以承受那些小小的、新手爸媽都會犯的錯。當你的出發點是愛，我不會受傷的。

也許我不是完美的，也許你們不是完美的父母，請不要對我，或是對自己感到失望。

請好好照顧自己，均衡飲食，休息，運動，要先照顧好自己，才有力氣照顧我。

如果一個小寶寶很難安撫，是媽媽需要更多休息的線索。

請好好照顧你們彼此的關係與感情，我不願意長大了卻沒有了「家」。

請把目光放遠，記得，我只有很短很短的時間會是新生兒，雖然我明白，有時候你們會疲倦到覺得每一分一秒都是永遠。雖然有時候，你們的生活可能因為有了我而天翻地覆，請記得，一切都會結束，一切都會恢復正常。

而我永遠都不會再當一次剛出生的小貝比。

讀完最後一句，我的眼淚忍不住滴落在信紙上。

從六周到六個月，也不過是一眨眼之間的事，那麼從六個月到六年？到十六年？

我忍不住想，時間都去哪兒啦？

我還記得你剛出生時，有一天晚上我和你爸爸躺在床上看著你熟睡的小臉，我們時常一起看著你被甜蜜得融化，也時常一個人走進房間，興沖沖地叫另一個人進來看你可愛的姿勢，然後相擁在一起，深深呼吸，覺得你是世界上最完美無瑕的事。

我突然意識到，這段時光，你不會有記憶，只有我和你爸爸會記得。

你剛出生時小小的哭聲，你打噴嚏打不出來，你笑起來的樣子，你半夜噴射大便到窗簾上，你洗澡時享受的表情，你累到崩潰無法安撫的瘋狂大哭。

雖然你不會記得，但我相信你感覺得到我們給你的愛與關注。這份愛會根深柢固地長成一棵樹，茁壯地陪伴你往後的人生。

而這一切，是我們夫妻兩個人的獨家記憶，好珍貴。

往後每當有人問我如何克服懷孕的辛苦，如何克服新手父母時期的煎熬，我總是回答，凡事都有盡頭，只要想著一切都是暫時的就不會這麼難受了。每當想著一切都會結束，就沒有什麼過不去的事。

六個月

2024．05．19

親愛的西米露，六個月快樂。

這六個月裡，你學會了抬頭，你會笑，開始能夠表達不同的情緒，學會了左翻、右翻，轉來轉去翻，你也會坐了，並且開始試著爬行。

平常與成人相處六個月，甚至好幾年不見，很難感覺有什麼不同，但孩子，一暝大一吋，是真的。

每一個月都有里程碑，每一個月你都更認識這個世界，更認識自己的身體，更認識你身邊的人。每一天，你都長大一點，變得更強壯一點。我與你爸爸時常讚嘆，你好像一覺睡醒，又長高了。

親愛的寶貝啊，我們人類過了青春期之後，身體就停止了成長，像媽媽我這樣快三十歲的女人，不會一覺醒來腿變比較長，胸部也不會二次發育，甚至是相反，可能還倒縮些。我們過了壯年後，就開始一點一點地往下走。

但沒關係，生命循環本來就是自然界的一部分，人類在所有動物裡，已經算是很長壽的了。

身體從來都不像樹木一樣可以一直往上長，不過我們的心靈可以。

富蘭克林說：「很多人在二十五歲就已經死去，在七十五歲才被埋葬。」

這是指很多人年輕時就失去了好奇心，無法面對真正的自己與社會期望的距離，無法坦然做自己，也無法成為被期待的樣子，成了壕溝裡的囚犯，行屍走肉，就這樣毫無熱情、漫無目的地度日。

中華文化中，父母總是望子成龍望女成鳳。

而你呀，你今天在床上翻了兩圈，唧唧地大笑，昨天爬到窗邊看著雨滴落下，看得好認真好專注。

而我呀，我望你眼裡總是有光，我望你善良，望你勇敢，望你安好，望你昂首闊步，望你手心向下，望你即使路途艱難仍然滿懷希望，望你心胸如海，一生寬廣。

什麼龍啊鳳啊，都已經有人做了，你就做那個讓自己驕傲的自己吧。

你不欠父母什麼，是我們感謝有你。你帶來這麼多的療癒與快樂，可能是我上輩子有扶老奶奶過馬路，還燒了好多好香才修得的福氣吧。

七個月

2024．06．10

親愛的西米露，今天是你去托兒所的第一天。

我們朝夕相處的生活在此進入下一個篇章，你爸爸開始新的職位，我也重新專注於工作，恢復所謂「正常」的生活。

回想這六個月，很是幸福且得來不易，像一座漂浮在宇宙的太空艙，沒有了時間，沒有了晝夜，也沒有了季節，只有你醒了、你累了、你餓了、你便便了。

因為你爸爸要開始新的工作，不能像之前一樣與我輪班照顧你，所以他積極地聯絡托兒所，聽說是一位難求，大部分的人在懷孕時就開始占名額排隊，我們知道你出生後就會搬家，也不知道要搬去哪，所以遲遲沒有去排隊。是被眾神眷顧了吧，好幸運地，竟然在我們的新家旁邊，剛好有一個名額。

參觀托兒所那一天，我在老師面前掉了眼淚。

落淚的原因是，托兒所的一切看起來都很好。

也許我心中有那麼一點點希望有可以挑剔的地方，這樣我們就能繼續一整天一起玩，在床墊上跳來跳去，一起在草地上滾來滾去。托兒所的一切，好到令我惆悵。

你爸爸非常滿意地環顧四周，一邊聽老師分享托兒所的育兒理念，一邊非常認同地點點頭，用他的肢體語言說著「就是這裡了」。我可沒那麼確定，我板著臉，像偵探一樣掃描四周，深怕有什麼重要的問題忘了問，有什麼可疑的地方沒注意到。

老師用英文夾雜著荷蘭文，充滿關懷地說：「我知道第一次送寶寶來上課都會很感傷，我自己有兩個小孩。」

有時候是這樣的，空氣中飄著泡泡，就讓它飄吧，當有人偏要指著說「有泡泡！」的時候，泡泡就會破掉。

於是，我心中緊握著的情緒在眼眶潰堤。

老師滿滿的同理心，你爸爸則是滿臉的疑惑。發生什麼事？找到托兒所不是很棒嗎？

我勉強用最後的倔強，仰著頭說：「是啊，這是一個大突破呢。」

然後默默地，假裝還在視察環境，默默地飄到走廊盡頭，其實只是為了撇過頭，用沒人看得見的角度讓眼淚放肆淌流。

參觀完托兒所後，我們坐在附近的公園長椅上，看著兩個青少年打籃球。

「他們都沒有進球耶。」

「荷蘭人雖然很高，籃球技巧真的還好。」

「別看他們好像一百七十幾公分，也許他們才十三歲。」

「我覺得那間托兒所怪怪的。」

「嗯？」

「說不上來，氣氛怪怪的，我的第六感告訴我不對勁……你記得那個坐在椅子上的老師嗎？她轉過來打招呼的時候，沒有笑。」

「妳這麼一說……」

「我怕西米露在那邊不快樂。」

你爸爸的反應是，好像明白我在說什麼，但也不是很明白。好像想支持，但也不知道支點在哪裡。

我簡直疑神疑鬼到一個極點，我好像，分離焦慮了。是不是當了媽媽，就注定要在放手與不捨的情緒之中拉扯。花了一段時間消化，我才決定給那間托兒所一個機會。

今天我起了個大早，幫你梳妝打扮，第一天上學，總要體體面面的吧。要讓老師知道你來自一個端莊的家庭，必須端莊地對待你。

我帶著有點忐忑的心情坐上電車，原來把自己的寶寶交給別人是這種感覺。雖然疑神疑鬼，內心底層其實我是相信荷蘭系統的，這邊的組織是可靠的。

荷蘭在孩子兩歲前的托兒費用，與鄰近國家比起來非常之高，想成立一家托兒所，政府有非常多規定，要求嚴格，要當合格的教師也不容易，薪水卻不是特別高；另一方面，荷蘭的社會福利穩定，崇尚工作與生活平衡，這裡的人都相當樂意生孩子，因此造成了供需不平衡。荷蘭的托兒所沒有分公立或私立，托兒所只有一種，全都有非常類似的布置、環境與師資要求，每個地方都是一位難求。

應該是，沒什麼好擔心的才對。

托兒所有四個班級，你在荷花班，按照規定，一班最多只能有兩個小寶寶，其他都是會跑會跳的小小孩。

一走進教室，老師從我手上接走你，我甚至感到有些措手不及，太快了。

我留下來待了一會兒，靜靜地，有些尷尬地坐在角落。時而跟著早安歌曲左右搖擺，適時地笑一笑，點點頭。你抓起桌上的搖鈴便放進嘴巴開始啃，你是班上最小的寶寶，坐在老師懷裡。

我想起國小一年級開學第一天，我的母親送我去學校，她在外面待了一陣子才走。我仍然記得當時坐在陌生的教室裡，身邊都是陌生的同學，但往窗外望去就可以看到媽媽，讓我很有安全感。

如今，換我成了媽媽，在角落憂心忡忡地看著六個月多大的你，不哭不鬧地，甚至沒有抬頭看我一眼。

我漸漸放下了擔心，與老師們道別後，悄悄地溜了出去。

我去了健身房，然後到附近的咖啡廳點了一杯特大杯的拿鐵，把頭埋進筆電裡工作。去接你下課時，我並不後悔我們的決定。老師非常親切，很關心你，有手機APP和網站系統可以看到你一天的動態，幾點喝了奶，喝多少，睡了多久，還有一些照片。除此之外，他們也很樂意與我閒聊你的一天。你開開心心地玩耍，交朋友，而我有了時間工作、寫作、看書，靜靜地喝一杯咖啡。

新篇章的第一頁，算是圓圓滿滿地。

我既驕傲又感到膽怯。驕傲你已經是個去上學的大寶寶了，又膽怯你好像一下子就要長大了；我好害怕一不注意就要看著你的背影消失在街角，並且告訴我，不用追。

以前害怕當媽媽的其中一個原因是，當了媽媽就會變得很捨不得，捨不得孩子餓了，捨不得孩子生病了，捨不得孩子不在身邊。偏偏，大人的世界不是只扮演一個角色就好，我需要自己的時間，因為除了當媽媽，我還有好多想做的事情，有時候只是簡簡單單的，靜靜地喝一杯咖啡，或者看一本書。

當了媽媽就必須做出明智的選擇，我再也不會一個人說走就走，再也不可能放下一切去冒險，因為放不下了，這輩子已經定了，一生都要掛念你，即使我再次獨自旅行，都會因為沒與你分享眼前的風景而感到可惜。

當了媽媽就會開始變得膽小怕死，以前的我總是要爬最高的山，潛入最深的海，還想去考高空跳傘的證照；現在的我，去公園散散步，到腳踝深的戲水池踩踩水就很是心滿意足。跳傘？一次都沒有再想過。

從自由自在的少女，成為滿身責任的母親，是的，我還在適應。

以前非常害怕當媽媽，害怕從此以後我會只是個媽媽，而沒有了自己。以往接收到的資訊都對我說，生兒育女要犧牲的代價好大，要失去好多好多，真正成為一位母親後我才知道，能夠陪伴一個新生命長大，是一份天大的禮物。

就像電玩遊戲，母親，是我新收到的角色卡，因為成為母親，一塊未知的地圖亮了起來，解鎖了新領土，讓我的人生體驗變得更深更廣，而我已經闖關過的其他領域，也不會因此而消失。

後記

這本書截稿的時候，西米露來到地球十個月了。

十個月大的他，每天早晨一起床就開心地笑，迫不及待地想往這個世界衝。他積極地想走路，我想他很快就會跨出獨立的第一步，目前，他會站立著，跨著他極度可愛的小腳步，繞著我們的身體或繞著椅子轉一圈。他喜歡啃雞腿，手能碰到的所有東西都會往嘴裡送，有一天突然在咖啡桌上摸到一顆李子，便一個人默默在角落，像小松鼠般，把整顆李子吃完了。

夏天來到尾聲，阿姆斯特丹的天色漸早變暗，白晝不再長到讓人有足夠的時間「搞砸再重來」。這趟成為媽媽的奇幻旅程中，我們在荷蘭擁有了自己的家。提筆當下我們剛從土耳其旅行回來，一家三口，有飯吃，有屋住，還能搭飛機看世界，多好。

表面上似乎成了所謂的「人生勝利組」，但有時候，我卻並不快樂。

大學的時候我住過地下室，一扇小得可憐的對外窗面對著走廊，外面晴或雨，是總得走到走廊盡頭再上一層樓梯才能打開的驚喜包；後來我搬到陽明山下，士林夜市旁邊位於三樓的套房，有天早上我望著從窗簾縫隙中透進來的光在天花板上映出彩色的光影，好美，好感激，人果然如花，還是需要陽光。跟著思緒神遊的我開始想，要是這窗有落地就好了，外面再有一個陽台更好，或者有花園就一百分了。

很快地，我被自己無限擴張的欲望嚇到。我在日記本寫下：

「人啊，有了一扇窗就希望有個陽台，有了陽台便覺得應該有個花園，最後，每天望著天花板鬱鬱寡歡，忘了自己一開始，只是想要一道光。」

十九歲的我一貧如洗，戶頭只有打工存下的薪水，背著一個別人借我的破背包，連妝都不會化，一條瑜伽褲和背心走天下。我睡在與其他八個年輕人共享的宿舍混合房，搭十四個小時的過夜巴士只為了去看一座素昧平生的神殿，為了省錢與旅伴分食一碗飯，搭紅眼班機睡在機場，很辛苦，但我的心很滿足。我想寫一本書，每一天，我都因為這個夢想而雀躍著。

如今的我，二十九歲，擁有了自己的房子，出版了四本書，正在寫第五本書。我有十幾萬粉絲，一個限時動態發出來，一小時內就有兩萬人觀看。我有一個情緒穩定的丈夫和一個活潑愛笑的孩子。旅行時，我們選擇可靠的航空公司，而不再是最便宜的，住宿的標準變成了評價和品質，而不是經濟實惠。我們吃著世界各地的美食，甚至多點一道菜，喝兩杯酒，再加餐後甜點。

但儘管擁有了這麼多，我卻比以前更常哭泣，更容易感受到負面情緒，甚至常常懷疑自己不夠好。

有趣的是，我想起曾經深刻記在心裡的座右銘：「一無所有，才是真正的富有。」因為當你什麼都沒有，就沒有什麼需要害怕失去。

現在的我擁有了十九歲的我渴望的一切，不是嗎？我卻沒有花足夠的時間和精神來慶祝，反而陷入了深深的恐懼，開始質疑：這樣做對嗎？我用盡全力了嗎？別人怎麼看我？我卡住了嗎？我還有持續在進步嗎？有人看我的書嗎？這真的是我想要的生活嗎？我是誰？還有人在愛我嗎？

我終於明白，快樂並不取決於你擁有多少或擁有什麼，而是一種內在的心境。我們總是追逐某種目標，告訴自己「當我達到了，就會快樂」。然而，更多時候，當我們終於達到那個目標，心裡反而感到空虛，或者立刻找下一個追逐的方向。錢買得到快樂嗎？我認為錢可以買到自由、選擇和品質，但這一切都不等於快樂。

回頭看我過去這三十年，最快樂的時候並不是物質最富足的時候。而當物質上開始充裕時，我卻開始煩惱如何擁有更多，這樣的煩惱讓我離快樂愈來愈遠。與亞洲父母的憂心忡忡相比，我注意到荷蘭的家長似乎更為從容，對生活更加放鬆。比起賺大錢，他們更在意家人之間的相處品質。

事實上，孩子並不在乎自己用的是不是有機棉尿布，玩的是哪一個品牌的益智玩具，只在乎我們是否花時間陪他們玩，是否給予足夠的注意力，家是不是一個溫暖的避風港。錢固然重要，但不是最重要的。我遇過最快樂的家庭住在市郊一棟普通的透天屋子，父母之間相互疼愛，親手撫養四個孩子長大，沒有豪宅名車，沒有私立學校，但家裡充滿了愛，孩子們個個心胸寬大，溫柔有禮，在人生的道路上互相支持陪伴。一個如此溫暖的家，要用多少錢來買？

我們能不能現在就善待彼此，現在就快樂呢？不用等到賺更多錢，不用等到功成名就，不用擁有更好的車，不用最新的手機，不用期待換更大的房子，不用有能力買更高級的家具，不用更多鮮花，不用等待別人給予更多關懷，現在就感激自己擁有的一切，現在就愛上自己的生活？

不快樂的人不是緊抓著過去，就是擔憂著未來。小孩子為什麼比大人更容易開心，是因為他們的世界裡只有現在，此時此刻。剛剛的傷心是剛剛的事，哇哇大哭完就忘記了、放下了，現在在玩玩具了。看著西米露剛剛跌倒哭了，抱起來又開心地笑了，我不禁想，什麼時候開始，我也變成了一手緊抓著過去，一手擔憂著未來的大人？那個天不怕地不怕，無憂無慮的我去哪了呢？

如果重來一次，我可能不會選擇生孩子，因為我太愛他了，愛到憂心忡忡，愛到眉頭深鎖。深夜中我偷偷把西米露抱到我的床上，一隻手指放到他的手掌心，另一隻輕輕握著他的小腳腳。我的寶貝呀，我的心像融化的麥芽糖那樣炙熱甜膩。

如果可以重來一次，我可能依然會選擇成為母親，因為成為母親後，我變得無可救藥地柔軟，但也變得無懈可擊地堅強。

那個無憂無慮的我，就讓她在另一個平行時空中繼續她的冒險吧。這個成為母親的我，是最膽小卻也最勇敢的我。

我決定活在當下，活在此時此刻，和我的孩子一起，因為有十年的時間，父母是他最愛最喜歡的人，十年後，他會開始更喜歡他的朋友，他的男／女朋友，他的另一半。但在這之前，我們必須珍惜這段時間，活在當下。如果繼續看著過去或望著未來，就錯過了現在。

寫完這本書的時候，我，三十歲了，人生成年後，能夠為自己做選擇的第一個十年結束了。花了四本著作的書寫，數不清的飛行里程，流浪了整個地球的相遇，我的二十年華隨著這個段落一起畫下句點。

還記得滿二十歲的時候，我感傷著自己不再是十幾歲的少女，現在滿三十歲的我，精神奕奕，神采飛揚。歲月讓我更認識自己，更認識這個世界，經驗的累積成為智慧，有能力更溫柔，更游刃有餘地面對世界。我經歷了起起伏伏，創造自己的事業，懷孕生子，經營婚姻，這一切都不容易，但每一件事都讓我更有自信舉步往前，每一步都在邁向那個完整而真實的我。

世俗的眼光給女人很多框架，告訴我們二十幾歲是最好的年華，我說這是狗屁，最好的年華，是現在。

不管你三十歲四十歲還是五十六十七十歲。你覺得自己老了嗎？換個角度想吧，你永遠不會比今天的你更年輕，今天，現在，就是相較於往後餘生的你最年輕的時候。如果三十歲的你感慨沒有好好珍惜二十歲的時光，四十歲的你就會懊悔沒有好好把握三十幾歲的年華，你看出來這個陷阱了嗎？不要讓任何人告訴你 **It's too late for anything.** The best time is NOW.

最後我想感謝編輯詠瑜，在當媽媽這條路上給予我許多鼓勵與分享，也一路支持著這本書的誕生。當我在新手媽媽的焦頭爛額與書寫之中來回擺盪著，在我消聲匿跡的時候適時提供溫柔的催稿提醒，稿子就這樣一篇一篇，擠呀擠呀地生了出來，如果沒有詠瑜，這些文字與想法可能都還在夢裡飄盪，問世之日遙遙無期。謝謝妳。

感謝威廉路西先生，即使我有時候很難相處，即使婚姻這條路不容易，我們有好多好多的差異，但最難能可貴的是，我們都願意努力。謝謝你支持我凌晨五點起床寫稿的日子，謝謝你熟練地餵奶換尿布，讓我可以隨時放心地去運動或姐妹聚會。謝謝你那麼愛我們的兒子，謝謝你讓我知道家是什麼樣子。

感謝西米露，當然，沒有你就不會有這本書；沒有你，我不會成為母親，我不會知道愛可以這麼真，這麼深。謝謝你來當我們的寶貝。

感謝翻開這本書的你們，謝謝你們陪著我長大。

這本書獻給所有為人父母，為人子女的讀者，有句話說，靈魂是為了體驗人間才選擇來到這世界上的，所以，盡情享受吧。有時候可能很辛苦，有時候可能像長長的夜看不到盡頭，有時候可能感覺真是完蛋了！但也有時候，覺得自己是世界上最幸福的人啊，覺得活著真好不是嗎？

無論如何，每一天都不會再重來，好好擁抱每一個感受，每一滴眼淚，每一場冒險吧，記得，現在，就是最好的時候。

STORY 110

練習在一起

作　　者—謎卡 Mika LIN
責任編輯—陳詠瑜
校　　對—聞若婷
行銷企畫—林欣梅
封面設計—FE工作室
內頁設計—張靜怡

總 編 輯—胡金倫
董 事 長—趙政岷
出 版 者—時報文化出版企業股份有限公司
一〇八〇三臺北市和平西路三段二四〇號三樓
發行專線—（〇二）二三〇六—六八四二
讀者服務專線—〇八〇〇—二三一—七〇五
（〇二）二三〇四—七一〇三
讀者服務傳真—（〇二）二三〇四—六八五八
郵撥—一九三四四七二四時報文化出版公司
信箱—一〇八九九臺北華江橋郵局第九九信箱

時報悅讀網—http://www.readingtimes.com.tw
電子郵件信箱—newstudy@readingtimes.com.tw
時報文藝粉絲團—https://www.facebook.com/readingtimesLiterature
法律顧問—理律法律事務所　陳長文律師、李念祖律師
印　　刷—家佑印刷有限公司
初版一刷—二〇二四年十一月十五日
定　　價—新臺幣三五〇元
（缺頁或破損的書，請寄回更換）

時報文化出版公司成立於一九七五年，
一九九九年股票上櫃公開發行，二〇〇八年脫離中時集團非屬旺中，
以「尊重智慧與創意的文化事業」為信念。

練習在一起／謎卡 Mika Lin 著. -- 初版. --
臺北市：時報文化出版企業股份有限公司,
2024.11
192面；14.8×21公分. --（Story；110）
ISBN 978-626-396-773-1（平裝）

863.56　　113013206

ISBN 978-626-396-773-1
Printed in Taiwan